brunch story

나는 회사를
고소하기로 했다

글_ 이승준
그림_ 박초아

인문엠앤비

제10회 브런치북
특별상 수상작

안녕하세요.

저는 서울을 떠나 고향에 내려와 살고 있는 이승준이라고 합니다.
이 글은 나름 재미있는 인생을 살아 보고 싶어 이것저것 도전했
던 서울살이의 종지부를 찍게 해 준 회사에서 입사부터 퇴사까지의
기록입니다.

약간의 스포를 하자면, 이 회사는 결국 세상에서 사라졌습니다.

이 괴물 같았던 회사는 저와 제 동료들을 비참하게 내몰았지만,
우리는 그 상황에서 결국 싸워 이겼습니다.
이 과정에서 겪은 비참했던 시간의 기록이지만,
한편으로는 그 시간을 보상받고자 벌인 싸움의 이야기이기도
합니다.

싸움의 끝에는 승자로서 할 수 있는 말이 짧게 써 있어요.
등신 같은 회사 따위가, 사람들 따위가, 감히 소중한 나에게.
라고요.

이 문장으로 이런 거지같은 일을 당할지도 모르는,

혹은 당하고 있는,

혹은 당했던 모든 사람들을 위하겠습니다.

그리고 만약 필요하다면, 어떤 상황에서든 우리를 도와줄 사람들도, 할 수 있는 방법도 혼자 고민하고 생각하는 것보다 훨씬 많다는 말도 하고 싶었어요.

같은 마음으로 제 글을 봐주시고 책으로 나올 수 있도록 도와주신 인문엠앤비 이노나 대표님과, 그림을 부탁할 때는 여자친구였지만 지금은 아내가 된 초아에게 고맙다는 말을 남깁니다.

감사합니다.

2023년 8월

이승준

그려놓고 보니
대표방 엄청 코네?

왜 한 회사에 기획팀이 두

전략본부

고블린 본부장

하늘다람쥐
팀장

대표이사실

빚매니저

경영지원팀

광고기획팀

회의실

개같은 시기
(승진이후 ~ 퇴사)
일은 엄청 하는데 돈은 안주고
욕과 오명과 수치성과 뭐...
하여튼 안좋은건 죄다 그득그득
인심 넉넉하게 퍼주던 바로 그곳,
회의감 맛집

피바랑 전야시기
(수습기간 중반 ~ 승진
죽어도 지네팀 아니라
마지막에 마지막까지
유기하고 외연하던 팀
동태눈깔을 잊을 수 없

두 개인 것이지?

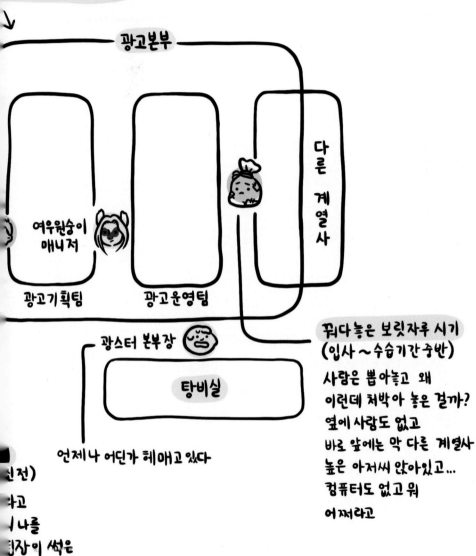

광고본부

여우원숭이
매니저

다른 계열사

광고기획팀

광고운영팀

광스터 본부장

탕비실

꿰다놓은 보릿자루 시기
(입사 ~ 수습기간 중반)

사람은 뽑아놓고 왜
이런데 처박아 놓은 걸까?
옆에 사람도 없고
바로 앞에는 막 다른 계열사
높은 아저씨 앉아있고...
컴퓨터도 없고 뭐

어쩌라고

언제나 어딘가 헤매고 있다

(전)

라고
나를
장이 썩은
없다.

| 차례 |

책을 내며 … 2

6. 임금체불과 고소전의 시작

■ 에필로그

■ 프롤로그

축하합니다. 합격하셨습니다.
그런데 너는 누구신가요?

어린 나이에 멋모르고, 거창하게 창업에 도전했다가 실패했다. 화려한 빚더미 위에 앉아 있던 나에게 같이 일해 보자는 제안이 여기저기서 왔다. 하필 내가 사장 보는 눈이 없는지 처음에는 내 능력이 아깝다며 그럴듯한 직함을 주고, 높아 보이는 연봉으로 꼬시던 사장을 따라갔다. 그 사장은 사회적 기업이라는 미명 하에 직원들을 하대하고 두루뭉술한 단어들로 희망고문하며 월급을 아무렇지 않게 미뤄 버리던 사람이었다. 처음에는 내가 그 대상이 아니기에 눈감고 귀 막고 다녔지만, 그 사람이 결국 나에게도 쌍욕을 하던 날 정식으로 사과를 받아내고 그럴듯한 직함도, 연봉도 전부 놓아 주었다.

회사를 나왔더니 이번에는 내 사업 아이템이 아깝다며 못다 이룬 꿈을 함께 이뤄 보자는 사람이 다가왔다. 연봉은 반토막 났지만 그래도 내 꿈과 가치를 알아준다는 사실이 기뻐 따라갔다. 그러나 그 사람은 시간이 지나면서 점점 이게 돈이 되겠냐며 매출에 집착하고 온갖 사업계획서와 매출지표, 시나리오를 요구했다. 빛도 보지 못할 사업기획서의 두께가 과장 좀 보태서 내 무릎 높이까지 쌓여갈 때쯤, 내 꿈이었는지 뭔지 알지도 못하겠는 거지같아진 프로젝트를 바느질하듯 기워 맞추고 새벽에 퇴근하는 것이 일상이 될 때쯤, 그가 다른 직원들에게 없는 말로 내 욕을 하고 사소한 실패를 교묘하게 모두 나에게 덮어씌우고 있다는 사실을 알아챘을 때쯤, 결국 나는 내 자식 같던 사업 아이템도 놓아 주었다.

함께해서 더러웠고 다신 보지 말자며 창업판에서 쿨하게 안녕했다.

이제 도저히 무슨 일에 매달릴 수 없을 것 같아 처음으로 백수의 시간을 가져 볼까 했다. 실업급여로 생활하는 건 서울의 청년 자취생에겐 다소 가혹하겠지만, 그래도 스트레스 안 받는 게 어디냐며, 희망찬 백수 라이프 청사진을 그려 보기로 했다. 그렇게 집에서 1주일 정도 알차게 뒹굴거리며 어디 여행이라도 갈까 생각하던 중에 모르는 번호로 전화가 왔다. 어떤 해맑은 여성분이 한껏 들뜬 목소리로

─축하합니다! 합격하셨습니다.

하고 말했다. 이게 무슨 소린가. 이게 말로만 듣던 보이스피싱인가. 합격이라고 말할 것 같으면 내가 무슨 시험 비슷한 거라도 봤어야 할 텐데. 요즘 보이스피싱은 정보력이 떨어지는 걸까. 이렇게 뭐 당첨되었다 하고 나한테 막 제세공과금 같은 거 뜯어 먹으라고 그러는 신종 사기인가? 하며 오만가지 생각이 순간 머리를 스쳐갔다. 일단 정신을 좀 차리고 상황을 파악해 봐야겠다는 생각에 자세를 고쳐 앉으며 조심스럽게 되물었다.

─예? 뭐에 합격한 건가요?

그 전화주신 분도 당황했나 보다. 말을 몇 번 더듬으며 뭐라 뭐라 중얼거리다가 정신을 차렸는지 또박또박 어디 어디 회사에 합격했다는 안내멘트를 읊었다. 아! 회사 이름을 들으니 기억이 난다. 그러니까 그 바로 전 회사에서 앉아 있기는 싫고, 그렇다고 밖에 나가 봐야 할 것도 없으니 면접이나 보면서 다른 회사들 구경이라도 할까 싶어 여기저기 이력서를 찔러 본 적이 있었다. 그래도 혹시 합격이라도 되면 곤란하니까 이력서는 대충 썼고, 그러다 보니 면접까지 가 본 회사들은 회사 평가 사이트 재직자 평점 2점 미만의 인간 탈곡기 수준 같은 회사뿐이었다. 그런 회사 중 하나였다.

그래도 여기만큼은 리뷰도 없고 인상적인 회사여서 기억에는 남아 있었다. 선릉에서도 눈에 띄는 큰 빌딩 두 층을 통째로 쓰고 있었고, 계열사도 10개 정도 되는, 나름 그룹의 이름을 달고 있는 회사의 인하우스 광고 에이전시였다. 회사 안에 카페가 있었는데, 항상 소수로 시작하는 정말 작은 스타트업에서만 전전하던 나에게는 꽤 큰 충격이었다. 그래도 진심으로 구직 중이 아니었으므로 면접도 대충 보고 제출한 이력서도 그렇게 좋진 않았다. 대체 나의 뭘 보고 뽑았다는 거지? 어리둥절하고 있을 때 수화기 너머에서 나에게 합격 전화를 줬던 그녀도 대충 정신을 차렸는지 갑자기 속사포랩 하듯이 뱉어냈다.

—합격하셨고요, 연봉은 전에 협상하신 그대로고 다음 주 월요일부터

출근하시면 됩니다. 이견 있으세요?

 이 사람아 평범한 말도 그렇게 보험약관 독소조항 읊듯이 하면 없던 이견도 생기겠다. 일단 왜 합격했는지도 모르겠고 연봉은 협상한 적도 없고 오늘 금요일인데? 게다가 생각해 보니 면접 본 지 한 달이 훨씬 넘었는데? 진짜로 내 개인정보가 생각보다 자세히 팔려서 회사 이름 대고 보이스피싱이라도 시도한 건 아닌가 하는 의문마저 들었다. 그런데 계속 고민하고 있을 새가 없었다. 내가 아무 말이 없이 멍하게 있으니 숨 넘어가듯 이견 없냐고 채근하듯이 계속해서 물어왔다. 나는 일단 그녀에게 일단 제일 궁금한 것 하나만 물어보기로 했다.

─제가 협상했다는 연봉이 얼마인가요?
─여, 연봉이요, 연봉… 네?

둘 사이에 한동안 정적이 흘렀다.

─연봉 협상 안 하셨어요? 면접을 언제 보셨는데요?
─아니 내가 합격한 줄 어떻게 알고 연봉을 협상해요. 이게 면접 보고 첫 전화인데요.
─아니 잠시만요 그, 그, 그, 경력. 경력이 얼마나 되시죠?
─당장은 기억이 안 나는데 제 이력서 거기 없나요?

여자가 당황하기 시작했다. 그러니까 그런 느낌. 말해야 하는 속도보다 사고의 속노가 느려 뇌에서 입까지 전달되는 신호가 지체되는 바람에 결국 버벅거리는 느낌. 나는 일단 침착하게 일어나서 인터넷에 회사 이름을 검색해 봤다. 그런데 어디에도 이 회사 이름이 나오지 않았다. 참 이상하게도 그 정도 규모 있는 회사면 어디에서 이름 하나 정도는 검색에 걸릴 법도 한데 이상하다. 느낌이 마냥 좋진 않았다. 이게 무슨 일인가.

─아 경력 확인되셔서 연봉 얼마 얼마입니다. 이견 있으세요?
─예?
─연봉 얼마 얼마입니다. 이견 있으세요?

그놈의 이견, 이 회사는 이견이란 단어를 더럽게 좋아하나 보다. 이렇게 숨넘어가듯 초면에 외치는 걸 보면.

─아니 이견은 없고 그 정도면 괜찮은 것 같은데…. 근데 제가 어느
  직군으로 지원했나요?

또 수화기 너머로 뭔가 한참 뒤적이는 소리가 들리기 시작했고, 나는 기다리다 지쳐서 그냥 내가 찾아보겠다고 했다. 그 다음은 뭐 의미 없이 누가 먼저 전화를 끊을 것인가 하는 눈치싸움처럼 예, 예, 예, 예 하면서

의미 없는 공명이 이어지다가 끊었다. 졸지에 다시 회사원이 되었다. 그게 이상한 나라로 떠나는 급행열차일 줄은 꿈에도 몰랐지.

이 회사를 오겠다고 수락한 건 이견이 없냐며 숨넘어가듯이 채근하던 그녀 때문에 판단의 혼란도 조금 있었지만, 의외로 면접이 꽤 좋은 기억으로 남아 있었기 때문이기도 했다. 영상과 카피라이팅으로 지원했었는데 내 포트폴리오를 아주 좋게 보았다며 꼭 같이 일해 봤으면 좋겠다는 말을 해주었었다. 무엇보다도 팔자에도 없던 창업의 굴레를 지나오니 이상하게도 사업기획이나 자꾸 무거운 직군의 일자리만 굴러들어 와서 조금 다른 일을 해보고 싶던 차였기도 했다.

일단 이 그룹은 블록체인을 기반으로 하는 사업들을 만드는 그룹이었다. 나름 신생 그룹이지만 공격적으로 사업 확장을 시도하고 있었고, 내가 지원한 회사는 산하 법인 중에서 블록체인 관련된 마케팅을 포함하여 이 분야에서 광고와 마케팅을 시도해 보려는 회사였다. 나는 대체 그놈의 블록체인은 뭔데 이리 시장에서 뜨거운지, 이 새로운 사업군에서 광고는 어떻게 시도할 수 있을지, 시장은 어떻게 형성되어 있고 마케팅은 어떻게 해야 하는지, 꽤 관심 가지고 공부하던 차였다. 그래서 가벼운 마음으로 질러본 회사 중 하나였는데 한 달이 넘도록 연락이 없었으니 기억에서 지워 버렸지.

아무튼 그렇게 주말이 지나고 월요일이 되었다. 급작스럽긴 하지만 니름 첫 출근이라고 생전 안 내면 넥타이도 하고 갔다. 회의실로 안내를 받아 혼자 멀뚱멀뚱 30분 정도 앉아 있다 보니 남자 한 명이 들어와서 같이 앉았다. 직감으로 저 사람도 오늘 처음 출근하는 사람이라는 걸 알았다. 동기인가? 말이라도 걸어 봐야 하나? 하는 생각 몇 번 하다 보니 이미 말 걸 타이밍을 놓쳤다. 둘 다 눈앞에 있는 보드마카만 멀뚱멀뚱 바라보며 30분 정도 더 앉아 있었던 것 같다. 사람 불러다 놓고 이게 무슨 무례인가 싶었지만 을이 뭐 어쩌겠는가. 가만히 있다 보니 두 명이 더 들어왔다. 한 명은 나에게 종이 한 장을 건네주고 사인하란다.

─읽어보시고 이견 없으시면 사인하세요.

이견이 있냐는 말에 이견이 있다고 하고 싶어질 지경이었다. 그놈의 이견. 이 사람이 나한테 전화한 사람인가? 그런데 옆 사람은 무슨 묵직한 파일을 건네받았다. 취업규칙이나 사규에 대한 파일이란다. 왜 나한테는 안 주지? 이건 무슨 새로운 차별 방식이지 하면서 방금 전 건네받은 취업계약서를 쭉 훑어보았다.

─어? 그런데 왜 처음 3개월은 수습기간이고 월급이 90%밖에 안 나
　오는 거예요?
─그건 경력이 짧으셔서 그래요.

—아니 유선 상으로 통화했던 거랑은 다른데요? 그때 연봉 안내도 받
  았는데.

고개를 갸웃거리는 나를 보던 그녀는 매우 크게 당황해하더니 잠시만
기다리라며 어디론가 뛰어나갔다. 그 사이 취업규칙과 두툼한 서류 뭉
치를 든 남자는 사인을 슥슥 하고선 안내를 받으며 밖으로 나갔다. 나는
그러고 나서 30분을 더 앉아 있었다. 이럴 거면 그냥 점심 먹고 오라고
하지. 더 이상 빈 테이블 위에서 적당한 놀이거리도 찾기 힘들어질 때쯤
그녀가 들어왔다.

—아 그게, 방금 이사님께 여쭤보고 왔는데요. 경력 인정이 안 되셔서.

놀랍다. 놀라움의 연속이었다. 이 모든 사실을 첫 출근하는 날 즉흥
으로 정하고 알려준다고? 이 모든 사실이 내부 공유가 안 되어 있었다
고? 보고도 안 하고 내 연봉을 전화로 알아서 알려준 거야? 이렇게 놀
라움을 주고 있는 이 사람도, 나와 통화했던 그 사람도 실은 머리 수 채
워 회사놀이 하던 임원들에 의해 해 본 적 없는 일을 매뉴얼 없이 하다
가 그랬다는 걸 알게 되는 건 아주 나중의 이야기이다. 계열사별 협의
된 형식이 없어 입사자를 대하는 매뉴얼이 없었다는 것 역시 일하다가
은연중에 알게 된 사실이다. 하도 기가 막혀서 이제 이견이 있냐는 그
녀 말도 멍멍하게 들렸다. 이견이 있으면 이견 하나당 30분을 더 기다

릴 것 같았다.

　—아 알겠습니다. 그냥 일할게요.

　더 이상 고통 받고 싶지가 않았다. 입사를 간절히 바란 것도, 마음에
드는 회사도 아니었지만 그래도 나름 모르는 회사에 이력서를 내고, 면
접을 보고, 협상⋯협상(?)을 하고 입사하는 것이 나로서는 공식적으로
처음이었으니까. 이왕 일할 거 치명적인 위협 없으면 그냥 일해 보자고
생각했다.

　하지만 그 회사는 회사 자체가 치명적인 위협이었다.

1
업무에
적응하기 전에
회사가 거지같음을
먼저 알았다

꿔다 놓은 보릿자루
놀라울 만큼 그 누구도 관심을 주지 않았다

자리를 안내해 준다며 회의실을 나와 사무실 안쪽으로 걸어갔다. 꽤 큰 사무실이었는데 다른 계열사 하나랑 같이 쓰고 있다고 설명했다. 그러면서 일하고 있는 것 같은 사람들을 다 지나치며 걸어간 곳은 다른 회사와 파티션 하나를 세우고 마주한 가장 변두리였다. 조만간 자리 이동이 있을 거여서 임시로 배정한 자리라고 했다. 불편하더라도 당분간 앉아 있으라며 나를 데려온 사람은 어디론가 사라졌다. 이렇게 회사 가장 구석진 자리에서, 벽을 보고 있어야 하는, 이상한 자리에 앉게 되었다.

앉아만 있으면 되나? 내가 속한 팀이나 조직 소개는 없나? 하다못해 직속 상사 면담이라든가 뭐가 없나? 내가 일어나서 먼저 인사라도 돌려야 하나? 쭈뼛쭈뼛 앉아서 주변을 둘러보며 나름 분위기를 파악하려고 했다. 내 맞은편에는 다른 계열사 임원이 앉아 있는 것 같았고 뒤쪽으로는 내가 합격한 회사 사람들인 것 같았다. 다들 하나같이 뭔가 굉장히 분주해 보였고 알 수 없는 일들을 하고 있었다. 다행히 근처에 아무도 없는 건 아니었다. 오른쪽에 굉장히 어려 보이는 사람이 뭔가 열심히 키보드를 두드리고 있었다. 어색함을 참을 수 없어서 먼저 안녕하세요! 하고 인사했더니 뭔가 수줍은 듯이 물끄러미 바라보면서 "아, 아, 예…" 하고 다시 키보드로 시선을 향했다. 이 사람이 같은 팀인가? 아니 대체 누가 뭐라도 좀 알려주면 안 되나!

가끔 팀장급인 것 같은 사람들이 담배를 피우러 나가는 것 같으면 미어캣처럼 보고 있다가 쫄래쫄래 따라 나갔다. 그리고 새로 입사했다며 잘 부탁한다고 인사하는데 정말 놀라울 정도로 무안하게 무시당했다. 그리고 흡연구역 입구 쪽에서 혼자 뻘쭘하게 서성이다가 다들 사무실로 들어갈 때 다시 쫄래쫄래 따라 들어오고는 했다. 자리에 돌아와서는 노는 것처럼 보이면 안 될 것 같아서 뉴스나 뭐 이것저것 블로그나 보며 시간 보내고…. 이것이 일과의 전부였다. 이런 일과는 며칠이나 계속되었다.

사실 나도 뭐라도 하고 싶었다. 받은 만큼은 일하자 주의다 보니 안 시켰더라도 알아서 뭐 자주 쓰는 그래픽 프로그램이랑 문서 프로그램들 내 손에 맞게 이것저것 세팅하고 업무 바로 시작할 수 있게 준비하려고 해 봤다. 그런데 누군가 지나가다 뭔가 분주히 하는 나를 보더니 어차피 자리도 임시이고 컴퓨터도 본인이 쓸 게 아니니 함부로 건드리지 말라고 했다. 뭐 반은 맞는 말이었다. 나중에 그 컴퓨터 들고 자리 옮겨야 했을 때는 그 컴퓨터로 때리고 싶었다.

중간에 너무 지루해서 주변사람들에게 물어보니 뭐 어떤 대기업에서는 6개월 동안 앉아만 있게 방치했다고도 했다. 사실 이 회사는 큰 회사여서 그랬던 게 아니고 그냥 일 시킬 줄 모르는 무늬만 회사여서 그랬다는 걸 알게 되는 건 먼 훗날의 이야기이다. 이래도 월급이 나오나? 하는 물음에 블록체인 회사가 요즘 잘나가다 보니 돈 많이 벌어서 인력을 좀 비싸게 사는 거 아니냐고도 했다. 인력의 반을 해고하고 그마저도 감당 못해 수개월 월급을 안 주다가 직원 전원을 해고하는 것 역시 훗날의 이야기이다.

뭐 아무튼 그런 생활을 3주쯤 했는데 정말 거짓말같이 아무도 나에게 뭔가 알려주는 사람이 없었다. 나는 내 팀이 어딘지도, 이 회사 사람들 이름이 뭔지도, 내 직무가 뭔지도, 이 회사가 하는 일이 뭔지도 모르는 채로 그렇게 앉아 있었다. 경영지원 팀이나 내가 일할 것 같은 팀 이름이 적힌 명패의 팀장에게 가서 물어보면 일단 자기는 아니라는 말과 모른다는 말, 다른 사람에게 가서 물어보라는 말만 되돌아왔다. 아니 아까 저 사람도 똑같이 말해서, 너한테 물어 보래서 온 거라고…. 그 와중에 날 면접 봤던 이사라는 사람이 슬그머니 오더니 말을 걸었다.

―일이 많지? 한창 바쁠 때 입사해서.
―일은 괜찮은 것 같은데…. 저 그런데 제 팀이랑 팀장님이 누구신지 모르겠는데 좀 알려주시면 안 될까요?

―아 그건 좀 기다려. 조만간 인사개편 끝나고 자리 옮기고 하면 정해
  줄게.

이사는 사무실 반대편 끝 쪽을 손가락으로 가리키며 말했다.

―네 팀은 저어기 반대편에 있어. 너도 저기로 자리 옮기게 될 거야.

그곳은 내가 입사하고 3주 동안 대충 다섯 번은 넘게 가서 기웃거리며
제가 여기팀이라고 하던데요? 하며 물어봤던 곳이었다. 물론 그 아무
도, 그 어느 누구도 시원하게 네! 우리 팀이에요! 하고 받아주는 이는 없
었고 너 우리 팀 아니라던데? 다른데 가서 물어봐, 라는 말만 들었던 곳
이기도 하고. 나는 놀라움과 어이없는 마음으로 입을 다물었다.

그렇게 2주를 더 앉아 있었다.
그냥 유령처럼 앉아만 있었던 건 아니었다. 나랑 같이 입사한 동기가
두 명 있었는데 한 명은 내가 지원했던 영상 업무 분야로 들어온 A형님,
한 명은 아직 생기지도 않은 부서에 혼자 뽑아 놓은, 나와 같은 보릿자
루 신세의 B양이었다. 자유롭게 말 붙일 수 있는 사람은 이 두 명으로
그나마 나랑 대화를 터 준 단비 같은 동기들이었다. 버티다 버티다 정
안 되겠다 싶을 때, 사내 메신저로 슬쩍 불러내서 다른 층 야외 쉼터에
서 수다나 떨고 했다.

동기 소개를 조금 하자면 우선 A형님은 아무리 생각해도 이 회사가 요구하는 업무와 맞지 않았다. 이 A형님의 전 직장 업무는 다큐멘터리 방송 기획이었지만 이 회사가 원한 건 소비자 행동이 즉각적으로 나올 수 있게 하는 재밌는 바이럴 영상이었으니까. 뭐 인사를 담당했던 사람이 이 차이를 몰랐기 때문이라는 건 나중에 안 일이다. 덕분에 담당자들만 고통 받았지 뭐.

이 회사에서는 기획은커녕 편집을 이끌어줄 사람도 없었다. 그도 그렇게 계열사에 대표라고 앉혀둔 사람은 검색광고 대행사 대표였고, 그룹을 만들면서 다른 인하우스 에이전시처럼 그럴듯한 광고 대행사 하나 대충 만들어보자! 한 느낌이라고 할까. 이 분야를 알지도 못하는 사람이 실무를 자처하고 있으니 제대로 된 HR이 가능할 리 없었다. 그래서 한 회사인데 조직도 업무도 개판이었는데 도무지 왜 이따구로 돌아가는지 이해할 수 없었던 사실들이 나중에야 충돌하면서 이리저리 맞춰지는 걸 보게 될 줄은 그땐 몰랐다.

아예 인력이 없어서 안 돌아가는 건 아니었다. 그나마 기존에 유일하게 업무에 맞는 편집자 한 명을 두고 있었는데 문제는 이 양반이 협업을 안 해봤는지 기획 단계를 자기 머릿속에서 만들어 공유를 건너뛰고 혼자 다 하고 있었고, 졸지에 이런 업무를 처음 접해 본 A형님은 혼자 죽어나고 있었다. 생전 처음 보는 포맷과 성격의 영상을 다뤄야 했고, 프로그램도 하나 정도, 그것도 대충 써봤다고 했다. 그러다 보니 제작도 초반 가편집만 가능했지 최종 편집도, CG도 자막 하나도 넣을 줄 몰랐다.

나도 영상으로 지원했고 지난 스타트업들에서 굴러다니면서 나름 웬만한 작업자보다는 자신 있는데, 물론 포트폴리오를 대충 만들긴 했어도 강력하게 제작일 하고 싶다고 어필했는데, 왜 나를 안 부려먹는지 이해가 안 갔다. 학과도 복수전공이라 나름 반은 미대생인데.

— 나도 영상으로 지원했는데 왜 형님만 고통 받게 둘까?
— 몰라 나 엄청 바빠.

나와 달리 팀이 정해졌던 A형님은 안 그래도 없는 인력이라 매일 아침마다 이 회의 저 회의 불려 다니며 과한 업무를 부여 받았다고 한다. 게다가 서식도 없이 무작정 뭔 영상 기획 보고서를 써오라고 강요받아서 뭘 어떻게 해야 하는지 알 수가 없다고 했다. 그나마 일 돌아가는 방식을 대충은 알고 있는 나를 수시로 불러내서 아이디어를 달라든가 일을 부탁한다든가 하는 일이 반복되었다. 솔직히 처음에는 일을 뺏어 와서 나대면 나를 알아봐주고 팀도 잘 정해 주고 드디어 인사라도 받을 수 있게 되지 않을까 하고 잠깐 고민했다. 그런데 뭐 일 많을 때 들어와서 고생이 많다는 말을 들으니 내가 일 안 하는 줄 아무도 모른다는 거잖아? 이런 꿀이 어디 있겠는가. 나는 월급 루팡의 길을 철저히 걸어보기로 했다.

B양은 나보다 사정이 더 딱했다. 나와는 달리 본부도 팀도 명확했다. 그러나 본인이 유일한 본부원이자 팀원이었다. 왜 이런 상황이 발생했는지는 아직도 의문이지만, 일단 만든 본부에 팀을 만들고 그녀를 뽑은 것이다. 상사도 없고 업무도 없고 그저 이름만 있는. 그러다 보니 아무도 그녀에게 일을 주지 않았고 아무도 그녀의 존재를 신경 써주지 않았다. 나는 소속을 알려주지 않으니 이 사람 저 사람 붙잡고 내 팀 좀 알려달라고 사정할 일이라도 있지, B양은 정말로 물어볼 일조차 없었다.

슬쩍 만나서 뭐 하냐고 물어보면 토익 공부 중이라고 했다. 뭐 어차피 아무도 신경 안 쓰니 무선 이어폰 끼고 회사 프린터로 교재 출력해서 공부나 한다는 것이다. B양은 여기가 첫 회사라고 했다. 그런데 아무도 뭐 하라고 알려주는 사람이 없어서 옆 사람 일하는 거 구경하다가 친구 사귀고, 업무시간에는 공부하고 뭐 그렇다고 했다. 정말 놀라운 회사구나 하며 매일 감탄을 금치 못하고 영혼 없이 출퇴근을 반복했다.

그러다 얼마 지나지 않아 나와 내 동기들은 충격적인 사실을 알게 된다.

수습평가가 있다고?
게다가 잘릴 수도 있다고'?

이전 회사들이 대부분 거지같았지만 단 하나 좋았던 것은 출근 시간이 자유로웠던 것이었다. 아침잠이 많은 나에게 스타트업의 자유로움은 최적의 근무 환경이었다. 매일 11시쯤 출근하는 나를 보며 친구들이 가끔 말하던 것들이 있었다.

—넌 정말 일반 회사 가면 큰일 날 거야.
—왜? 지각하면 잘리나?
—아니 그 정도는 아닌데…. 아 그걸 겪어 봐야 돼.

그리고 나는 이 회사에서 지각하면 어떻게 되는지 깨닫게 된다. 입사한 후로 세 번인가 지각했었는데 지문을 찍어야 출근이 기록되는, 나름 철저했다. 블록체인 회사라고 보안에 신경 쓰는 근태 체크 환경에서 나의 지각은 철저히 본사와 상사들에게 문서로 보고되고 있었다. 사실 그다지 대수롭지 않게 생각했다. 에이 5분 늦은 게 지각이야? 나 정도 인재면 이 정도는 감지덕지지. 일도 없잖아? 하고 있었는데 어느 날, 이사가 나를 포함한 서너 명의 직원을 자기 자리로 불렀다. 그리고 공개된 장소에서 아주 대차게 혼쭐을 냈다.

   —너는 입사한 지 얼마 되지도 않은 놈이 무슨 지각을 이렇게 많이 했어! 이래 가지고 좋은 평가를 받을 수 있겠나! 수습기간 중에 말이야!

수습기간? 생각해 보니 수습기간이라는 단어에 의구심을 가지지 못했다. 나 경력직으로 들어왔는데 수습기간이 따로 있나? 게다가 평가도 있어? 분명 문장은 짧은데 이해 안 되는 단어 투성이었다. 아무 안내도 못 받았는데 이게 무슨 날벼락 같은 소리야. 워낙 개방적인 사무공간이다 보니 이 소식을 들은 동기들도 마찬가지로 아무 안내를 못 받았는지 같이 혼란스러워 했다. 이게 무슨 소리야. 그나마 우리 중에 회사 사람들 여럿과 친하게 지내던 B양이 이것저것 물어봐 준 덕에 여러 정보를 얻을 수 있었다. 그러고 나서 알게 된 사실은, 우리는 3개월 동안 수습기간이며 이 기간 동안 평가가 좋지 않으면 잘릴 수도 있다는 사실이었다. 대체 왜 이 중요한 사실을 입사 때 알려주지 않을 걸까.

   —나는 아무 할 일도 없이 앉아 있고 팀장도 누군지 모르는데, 아니 누군지 안 가르쳐주는데 누가 평가해?

보릿자루1이었던 나는 당연히 평가자도 모르고 평가받을 일도 없고 그러니 당황하기 시작했고, 보릿자루2 B양 역시 평가 당할 일이 없는 것은 똑같은 당황 거리였다. 그나마 A형님은 과도한 업무에 시달리고 있었으니 유일하게 평가받을 일이 있었지만, 아니 나는 뭘 시켜야 업무 수행 능력을 보고 평가를 해야지.

그렇게 어이없이 며칠을 보내다 보니 우리보다 몇 달 앞서 취직한 사람들의 수습기간이 끝났다는 사실을 알게 되었다. 그리고 입사한 인원의 과반이 넘는 사람이 평가의 벽을 넘지 못했다. 탈락한 인원은 내가 앉아 있는 변두리 라인 전체도 포함이었다. 옆 사람이 좀 수줍어서 그렇지 일은 굉장히 열심히 하던데… 말 좀 걸어서 이제 드디어 좀 친해지려나 싶었는데… 졸지에 나는 외딴곳에서 더 외롭게 앉아 있게 되었다. 생각해 보니 평가 기준이라는 것이 있기는 했는지 모르겠다. 사람은 그렇게 무분별하게 잔뜩 뽑아 놓고.

나는 더더욱 할 일이 없어졌다. 이제 자리에 앉으면 말할 수 있는 사람도 없어졌다. 게다가 회사에 누군가 야근할 일이라도 생기면 이사가 갑자기 입구에 서서 큰 소리로 누구는 집에 가고 누구는 남아 있을 수 없으니 차라리 전체가 다 남자! 하는 별 거지 같은 논리를 펼치는 바람에 더더욱 밤늦게까지 뻘쭘하게 앉아 있다가 몰래 슬금슬금 퇴근하고 그랬다. 정말 사람이 못할 짓이었다.

더 이상 버틸 수 없어 경영지원 팀에 제발 내 소속 좀 분명하게 해달라고 애원하던 중, 드디어 반가운 소식을 전했다. 팀이 정해질 것 같다고. 수습 평가로 떨어져 나간 인원 자리에 내가 배치될 것 같다고. 그러나 새롭게 발견한 문제는 이거였다.

―그런데 그동안 업무보고서 안 쓰셨어요?

그게 대체 뭔가요?

뜻밖의 승진
아무것도 한 것이 없으나 승진하였다

  수습 기간 동안 승진이 가능할까? 심지어 아무 일도 안 했고 나의 존재와 일을 했다는 사실이 그 어떤 문서의 형태로 남아 있는 바가 없음에도? 정말 말도 안 된다고 생각하지만 이 말도 안 되는 일이 실제로 벌어졌다.

  한 달이 넘게 유배지 같은 곳에서 보릿자루처럼 앉아 있던 내게 드디어 자리를 이동하라는 명이 떨어졌다.

  드디어 일을 해보는구나. 내 팀을 알게 되는구나. 그래 월급도 주는데 그냥 나를 방치할리가 없지. 이동한 곳은 항상 풀린 눈으로 날 보면서 끝까지 자기 팀 아니라고 부정하던 한 팀장의 팀이었다. 팀 이름이 내가 지원한 업무와 들어맞아서 강하게 노려보던 곳이다. 여기 맞잖아! 하고 소리라도 지르고 싶었지만 꾹 참기로 하고 어금니에 힘줘 물어가며 반갑게 잘 부탁드린다고 인사했다. 여전히 풀린 눈으로 힐끗 보며 받아 주지도 않았던 건 덤이지만.

그런데 문득 궁금했다. 조직도는 바뀌었을까? 사내 그룹웨어에 접속해서 보니 여기가 아니다. 무슨 이상한 팀으로 배정되어 있었다. 이건 무슨 참신한 짓인가 싶어 경영지원팀 직원에게 물어보니 내 소속에 대한 의견이 임원들 사이에서도 다 다르고 어디 팀이라고 말하는 사람마다 대답이 계속 달라져서 에라 모르겠다 하고 자기가 마지막으로 들은 팀에 그냥 배치했다고 한다. 그리고 자기는 그게 맞다고 끝까지 우길 거라고 했다.

이 사람아… 나는 그럼 어떡하라고… 무슨 일처리가 이따위… 나를 이 팀이라고 데려와서 자리까지 세팅해 준 직원은 또 뭐가 되냐고. 아직도 팀장끼리 내가 자기네 팀이 아니라고 박박 우기고 인사도 안 받아 주는데 나는 대체 어떡하라고. 그래도 정말 긍정적인 마음으로 참을 인자 수십 번 마음속에 새겨가며 어차피 언젠가는 정해질 거라며, 내 할 일이나 제대로 하자 하는 마인드를 유지하기로 했다. 그리고 무엇보다도 그놈의 유배지에서 벗어나 드디어 사람들과 가까이 앉게 되었다는 사실에 감사하기로 했다.

또 다른 문제는 팀장이 팀을 방치하고 있었고 이 팀의 정체성과 업무는 하늘 높이 저 멀리 우주 레벨에 있었다는 것이다. 그 누구도 전문성을 가진 사람이 없었으며, 무슨 일을 어떻게 왜 해야 할지 아무도 모르고, 아무도 알려하지 않고, 아무도 가르쳐주지 않았다. 광고 기획이 아니라 무슨 이벤트 기획 팀인 것 같았는데 무슨 프로젝트가 떨어지든 그냥 기계적으로 일했다.

이 거지같은 조직은 광고본부와 전략본부로 나뉘어져 있는데 두 본부에 각각 광고 기획팀이 존재했다. 왜 회사에 같은 팀이 두 개인가 하니, 대표는 원래 검색광고 대행사 사장이었고, 각자 자기가 아는 사람 둘을 본부장으로 앉히기 위해 회사로 데려왔다. 그래서 본부를 둘 꾸려 주고 한쪽은 일반 종합 대행사를, 한쪽은 자기가 제일 잘하던 검색광고 대행을 하려고 각자 전략본부와 광고본부로 그럴듯한 이름을 달아 꾸며준 모양이다. 광고본부 본부장은 같은 검색광고 대행사 사장 출신이었는데 본인도 뭔가 이번 기회에 그럴듯해 보이는 기획일을 해보고 싶었나 보다. 그래서 자기도 기획팀을 꾸려달라고 졸랐고, 웃기게도 한 회사에 이름이 같은 기획팀이 둘 생기게 되었다.

무슨 일을 하느냐. 우선 전략본부의 기획팀은 미지의 팀이었다. 저 팀은 무슨 팀이냐고 누군가에게 물어보면 뭔가 대단한 사람들 모인 것처럼 수군거리는 그런 팀이었다. 내가 속해 있던 본부는 광고본부였고 광고본부의 기획팀의 기획자들은 블로그에 광고글 쓰는 플로우를 쓴 뒤에 운영팀에 넘겨주는 일이 주 업무였다. 본부장이 검색광고 대행사에서 그런 업무를 하던 직원들을 데려온 모양이다. 운영팀은 그 플로우에 따라 여러 변주를 두어 원고를 써서 운영하는 광고 블로그와 각종 SNS에

업로드하는 업무를 맡았다. 이런 일 말고 이제 광고본부 본부장이 뭔가 종합 대행사 흉내를 내고 싶어서 여기저기 광고 영상 제작일이나 행사 기획일을 해보려고 했던 것 같다. 나도 그렇게 뽑힌 사람이고, 문제는 이 본부 안에 AE라는 직군이 뭔지 아는 사람이 한 명도 없었다는 게 문제지. 아니 무슨 대행사 본부장, 팀장이라고 직함 달고 있는 양반들이 AE를 모르냐.

나는 결국 광고본부의 기획팀으로 배정 받았고—그동안 기웃거리던 그 팀—조직도 상에서는 광고본부 운영으로 되어 있었다. 아무튼 내 팀이 되었으니 이 기획팀을 소개하자면 이러하다. 팀원은 총 6명. 이 6명은 각각 마이웨이 영상제작자, A형님, 영상 기획자? 작가? 아직도 직군을 모르겠는 한 명과 자칭 기획자 두 명, 그리고 나 이렇게 여섯 명이었다. 그 풀린 눈으로 팀을 방치하고 있던 팀장 하나도. 이 사람도 검색광고하던 사람인데 꼭 알지도 못하는 기획 업무를 하라고 앉혀 놔서 고생을 시키냐, 나는 모르겠으니 너희들 알아서 해라는 마인드로 앉아 있는 것 같았다.

참 신기했다. 회사 인원은 수십 명이고 뭐 자기들 하던 일은 알아서 잘 꾸리고 하는 것 같은데 기획팀만 이상하게 업무를 꽉꽉 눌러 담아 주는 것 같은. 참 이상해서 이 팀은 대체 무엇을 하는 팀인가 하는 질문해 봤는데 그 누구도 시원하게 정의 내려 주지 못하는, 정말 참신한 팀이었다. 대충 구조를 파악하고 팀 업무와 팀 구성원도 내가 다 알아서 파악한 사실들이었다. 맞다, 이때까지 나에게 안내나 소개 비슷한 걸 해 준 사람이 없다는 뜻이다. 이것이 혁신인가, 대체 이 회사는 어떻게 존재하는 걸까, 하며 또 시간을 허비하던 나에게 이상한 공지가 떨어졌다. 그래 승진.

승진? 이 회사는 직급 체계가 나름 부분 수평적이었는데 그도 그럴 게 대표이사, 이사, 팀장, 팀원 이렇게가 전부였으니, 죄다 같은 팀원이라 뭐 수직 관계가 생길 여지가 없었다. 그런데 여기서 직급을 세분화하겠다며 갑자기 대뜸 선임을 만들어 버린 것이었다. 그리고 선임의 기준은 경력 4년 차 이상이었다.

나는 애초에 이력서에 있던 경력을 토막 내서 2년밖에 인정 안 해줬고, 그래서 수습이었고, 뭐 2년이나 4년이나 그게 그거겠거니 하고 그냥 다니려고 했는데 덜컥 선임으로 진급을 시켜 버린 것이었다. 이게 무슨 상황이지? 하고 알아보니 형평성을 위해 이력서에 있는 경력을 모두 허용해 주기로 했다는 답변이 돌아왔다. 여태 문자 그대로 아무것도 한 일이 없는데 승진이 말이 되나. 그렇다고 월급이 오르는 것도 아니고 게다가 수습인데.

이게 지금 잘 돌아가는 건가, 주위를 둘러보니 우리 팀 여섯, 그중에

나 포함 네 명이 선임인 걸 발견했다. 심지어 선임되었다고 좋아하더라.

아, 잘 안 돌아가는 거구나.

어느 마케터의 업무 _희망편
절망 앞에는 희망이 와야 맛이 사는 법이지

일 이야기를 해보자. 팀 배정된 이후로도 일 안 하고 놀고만 있었던 건 아니니까. 보자. 뭐 일을 아예 안 한 건 아니었으니까. 일단은 희망적인 이야기들로.

나는 카피라이터와 영상 기획으로 지원했지만, 이상하게 제작 업무에서는 배제되고, 그러다 보니 제작자들이 무슨 일을 어떻게 받아 뭘 하는지 알 수 없었고, 기획 회의에만 자꾸 불러 다녔다. 뭐 이 회사 전에는 계속 마케팅과 브랜딩을 겸했으니 기획일이 못할 일은 아니었다. 그러나 처음 들어간 기획 회의는 참으로 놀라웠다. 이렇게 일을 해도 괜찮다고? 싶은.

―무슨 행사를 할 건데 사람들 참여할 만한 이벤트 아이디어 좀 내와 봐.

기본적으로, 짧게 할 때는 한 시간 정도 회의를 했다. 지나고 생각해 보니 뭐 업무를 할 줄 아는 사람이 없었으니 회의도 할 줄 몰랐던 거 아닐까 싶다. 아무튼 그 긴 회의가 끝나고 나왔던 말을 다 정리해 보면 결국 남는 건 저 한 문장이 전부였다. 이걸 지시하는 이는 보통 본부장이었는데, 이 사람이 회의 때 거드름을 피우며 알맹이 없는 말을 하고 나머지는 하하호호 하면서 앉아 있다가 나갔다. 그리고 나면 또 그들끼리 의미 없는 회의를 한 시간 정도 진행했다. 정말 효율과 알맹이라고는 눈곱만큼도 없는 회의였다.

—그럼 각자 조사 좀 하고 아이디어 취합해 볼까요?

한 시간 정도 영양가 없는 말을 던지고 받고 하다가 결국 결론지어지는 것은 저 한 문장으로 떨어진다. 긴 회의 끝에 두 문장. "우리 무슨 프로젝트 할 건데 각자 아이디어 좀 가져와 봐." "각자 조사해서 다음 회의 일정 맞춰 볼까요?" 하는 이 10분도 안 걸릴 회의를 두세 시간에 걸쳐 하는 것이 대부분이었다.

나는 즉흥적으로 아이디어가 샘솟는 타입보다는 혼자 진득이 생각해 가면서 이것저것 찾아봐야 아이디어 하나를 내는 타입이다. 그리고 기획에서 가장 중요한 건 무엇보다도 이걸 보는 상대방을 설득할 수 있는 논리의 뒷받침이라고 배워왔고, 그렇게 일하는 사람이기도 하다. 그런 내가 회의를 끝내고 며칠 정도 지나 자칭 기획자라는 사람들이 들고 온 아이디어들을 봤을 때 정말 놀라웠다.

모든 아이디어를 딱 세 단어로 말할 수 있다.

룰렛, 주사위, SNS 추첨.

그 어떤 행사와 그 어떤 프로젝트를 해도 저 세 가지 아이디어가 전부였다. 그 전에도 결국 저 세 가지 아이디어가 전부였고, 그냥 이름만 그럴듯하게 바꿔 달아 똑같은 장표에 똑같은 내용으로 이미지만 바꿔서. 세상에 얼마나 많은 사례들이 차고 넘치는데 이게 무슨 아이디어라고. 아니 그것보다 이게 광고기획팀의 업무라고? 기획서에는 왜 앞단이 없는 건데? 최소한 유저 분석이라든가 컨셉이라도 정해서 집어넣어야 하는 거 아니냐고.

이건 아닌 거 같았다. 내가 아는 광고도 아니며 더 나아가 이딴 건 기획도 아니다. 한 번은 제대로 된 기획서를 팀원끼리 회의할 때 만들어줬다. 그랬더니 왜 이렇게 쓸데없는 페이지를 만들었냐며 이해 안 된다고 비웃으며 장표를 다 지워 버렸다. 어이가 너무 없어서 이런 게 일반적인 기획서라고 어필해 봤지만 우리는 이런 거 못 봤는데요? 하고 지들끼리 넘어가 버리는 것이었다. 그러고는 사실상 상사 역할을 자처하며 본부장에게 지들끼리 취합한 파일로 보고했는데 내가 만든 건 아예 누락시키거나 좋아 보이는 게 있으면 자기들 입맛대로 고쳐 자기가 만든 것마냥 사용했다.

이대로 가다간 속이 터져 죽을 것 같아 언젠가는 업무로 인정받을 기회를 봐야겠다고 생각했다. 자꾸 자칭 기획자라는 이 발암물질 같은 인간들과 같이 엮어 일을 시켰었는데 이 둘이 계속 나를 무시하는 듯 일을 해서 열이 받아 있던 상태였다. 본인들이 서로 천재라고 치켜세워 주는 꼴을 더 이상 볼 수 없는 와중에 드디어 문제가 터졌다. 기획서도 아닌 게 기획서랍시고 올린 뭔가의 텍스트 덩어리를 결재해야 하는 클라이언트들의 분노가 터져 나오기 시작했다. 무슨 마케팅 기획안을 만들어 오라 하면 죄다 저따위냐고. 이럴 거면 그냥 뽑기 통 하나를 만들어 달라고. 룰렛, 주사위, SNS 추첨 적어 놓고 필요할 때마다 뽑아서 쓰게.

클라이언트는 대부분 계열사였다. 아 계열사라고 하니 무슨 큰 그룹 같은 느낌이지만, 이것도 엄청 웃긴 게 계열사가 처음 입사할 때 한 여덟 개 정도 되었다가 얼마 안 가 열 개, 열한 개, 다시 아홉 개 이 모양으로 늘었다 줄었다 했다. 시간 지나며 보니 진짜 그냥 모양만 갖춘, 대충 만든 그룹 티가 확 났다. 아무튼 계열사의 불만은 외부 클라이언트와 달리 필터링 없이 날것으로 들어왔고, 이 욕지거리들은 고스란히 우리 몫이었다. 다들 열 받아서 한숨만 쉬고 있었지만 나는 기회다 싶었다. 논리와 타당성, 그에 따른 컨셉 도출, 잘 섞어서 그냥 실행안만 몇 장 있는 어설픈 기획서 대신 제대로 된 기획서 하나를 만들었다. 그러고는 본부장이 화 다 내고 좀 수그러들었을 때, 혹시 몰라 준비했는데 도움이 좀 될까요 하면서 슬쩍 꺼냈다. 해외 사례를 우리 프로젝트에 맞게 나름 고쳐본 꽤 그럴듯한 기획안이었다.

　—이건 뭐 생각 없이 여기저기 있는 거 갖다 붙인 거밖에 더 되나?
　—이걸 우리 상황에 맞게 바꿔서 실행해 보면 좋을 것 같다는 생각으
　　로 넣었습니다.
　—네 생각엔 이게 될 것 같냐?
　—이미 성공사례들이고 그동안 한국에서는 없었던 아이템들이라 매
　　력적일 거라고 생각합니다.

　본부장은 현실 가능성과 시답잖은 아이디어들을 취합해 놓은 것에 대해서 혼내기 시작했다. 뭐 상관없었다. 내가 강하게 미는 아이디어 하나 말고 나머지 안은 그냥 분량 맞춰서 내가 이정도 분량 기획서를 혼자 했습니다, 하고 구색 갖추는 용도였으니까. 결국 이 아이디어들을 다듬어서 우리 이벤트 방식으로 맞추어 기획해 보겠다고 말하고 회의를 끝냈다. 그러고 자리로 돌아가 잠시 멍하니 앉아 있었는데 본부장이 갑자기 회의실로 불렀다.

　회의실에는 행사를 주관하는 계열사의 직원들이 앉아 있었고, 아까까지만 해도 화내던 본부장이 거만한 자세로 의자에 앉아 내가 아까 준 PPT를 주욱 넘기며 이야길 꺼냈다. 그래 너도 제대로 된 기획서는 처음 보지. 그러니까 이렇게 생색내고 싶은 걸 거야. 계열사 직원들까지 잔뜩

불러서. 그러라고 준 거니까.

—그동안 너무 단순한 이벤트만 했고, 그래서 뭐라 한 소리 했더니 우
리 애들이 열심히 준비했더라고. 그런데 너무 단순하고 다른 아이
디어들 모아 놓은 거에 지나지 않아서 좀 그랬는데. 그래도 내 마음
에 드는 거 하나는 있더라.

내가 야심차게 준비한 한 장의 장표 앞에서 마우스 휠 스크롤이 멈췄
다. 사실 다른 건 다 필요 없었다. 딱 저 아이디어 하나만 보고 있었고
그게 잘 먹히고 있구나 하고 생각했다.

—이거 어때?

계열사 직원들은 대박이라며 각자 어떻게 하면 좋을지 이 사람 저 사
람 살을 붙여대기 시작했다. 아니 왜 지들 아이디어인 것처럼 저렇게 하
이에나처럼 달려드는 걸까. 사람 다 똑같네 하며 멀뚱멀뚱 앉아 있는데
본부장이 나에게 말했다.

—이거 구체화시켜서 제안서로 만들어와 봐.

속으로 쾌재를 불렀다. 드디어 일다운 일 좀 하겠구나 하고

어느 마케터의 업무_절망편
그냥 잘 하지 말걸

여차저차 해서 바쁘게 기획서를 만들었다. 오랜만에 하는 일이라 조금은 신났던 것 같다. 여담이지만 이 이후로 자칭 기획자들도 기획서 앞에 논리 페이지를 어떻게든 꾸며서 넣어 보는 것 같았다. 그래봐야 해본 적 없는 일을 제대로 할 리 없지. 내가 만들었던 기획서 몇몇 장표 고스란히 가져가서 단어 몇 개 바꿔가며 맞지도 않는 자료 자꾸 흉내 내려고 했지만 그게 그렇게 단기간에 되는 거면 전문성이라는 게 있겠냐만은. 아무튼 이번 일 이야기로 다시 넘어와 보면.

프로젝트는 무슨 시상식 어플 마케팅 방안이었는데, 내가 제안한 아이디어는 오프라인 선투표 이벤트였다. 길거리에서 유저들이 투명하고 거대한 투표함에 오브젝트를 넣어 직관적으로 투표를 하고, 공식 SNS에 결과를 반영해서 보여주는 방식이었다. 설치물도 눈에 띄게 만들면 참여하는 재미도 있으니 알아서 인증하고 참여할 거라는 게 포인트였다. 다만 이런 아이디어는 단순해도 실행하려면 손이 많이 간다. 설치물 제작 견적도 받아야 하고 일정 확인도 해야 하고 보관 장소도 확인해야 하고 지자체 허가 여부도 알아봐야 하고 인근에 도움 받을 수 있는 곳도 협조 요청해야 하고 인력 구성에 동선 체크에 일기 예보도 봐야 하고 시간도 적절히 배치해야 하고 진행 사항에 따라 대비책도 마련해야 하고 기타 등등등.

열심히 만들었고 정말 잘 짰다. 내가 봐도 제안서가 참 예뻤다. 여기서 문제가 슬슬 생기지 않으면 멋있게 이벤트 열어서 딱 끝내고 내 포트폴리오도 한 장 멋지게 들어가고 무엇보다도 내가 이 글의 제목에 절망이라는 단어를 쓸 일이 없었겠지.

뒤에서 누군가들이 와서 빤히 보고 있다가 슬슬 개입하기 시작했다. 주로 팀장들이었다.

―거기 홍보부스 하나 놓으면 그림 이쁘겠다. 그치?
―이왕 하는 거 행사 말고 그룹 홍보도 해야지. 안 할 거야?
―순 참여 확보 말고 좀 더 여러 가지 목적을 넣어 봐. 뭐 수익 창출이라든가.
―인쇄물에 로고가 너무 작잖아. 있어 보이게 더 넣어.

그리고 누군가 와서 슬쩍 막타를 친다.

―이거도 안 됐어? 빨리 헤아기 시간 없는데.

이 외에도 참 많은 방해가 있었다.

—예산이 이게 뭐야. 이거 만드는 데에 이렇게 든다고?
　너무 비싸! 줄여!
—결과물이 이게 뭐야! 처음엔 이뻤잖아. 더 퀄리티 높여 봐!

　예산과 퀄리티 사이에서 내가 무슨 용산역 플레이스테이션 CD 파는 아저씨도 아니고 이거 가지고 관계자들과 한나절을 흥정했다. 결과는 참패. 툭 까놓고 말해서 돈 삼십만 원 정도로 뭐 홍보부스도 만들고 간이 무대도 만들고 아크릴 금형 떠서 투표소도 만들고 하는 수준을 원했다. 도둑놈도 아니고. 아 그냥 내 돈으로 할게요 하는 소리가 입 밖으로 나오려는 걸 힘겹게 참았다. 애초에 예산을 알려달라고. 무작정 깎아오라고만 하면 내가 어떡하냐 진짜.

　더 놀라운 사실은 이 정도 수준의 일을 해냈다는 것이다! 물론 처음의 기획서는 어디 출품해서 상이라도 노려볼 만한 퀄리티였지만, 완성된 예상 목업은 어디 초등학교 동아리 아이들이 옹기종기 모여서 방과 후 활동 결과물로 내면 부모님들이 기특해 할 것 같은 느낌의 결과물이긴 했다. 그러나 제시한 예산 안에서 이벤트를 실행 가능하게 만들었다는 것 자체가 기적 같은 일이었다. 뭐 주문하는 게 그런 거니까. 극강의 가성비.

이 정도면 토 안 달겠지. 진짜 혼을 갈아 넣었다 싶은 기획서…라고 그게 뭐 대단하다기보다는 이제 나도 이게 뭔지 모르겠는 무언가의 파일 덩어리를 본부장에게 보여주었다. 사실 중간에 포기하고 싶은 마음은 굴뚝같았는데 그래도 이왕 만든 내 자식 같은 아이디어니 세상에 빛은 보게 해 주자는 심정으로, 내가 직접 공장 돌면서 자재 사다가 제작하겠다고 자처하면서 제작 인건비까지 깎아 놓은 기획안이었다.

—야 여기에 인스타 인증용 패널도 하나 넣자. 그거 넣어도 되잖아?

아이참 마무리도 완벽하지.
뭐 아무튼 그렇게 해서 클라이언트에게 보고하겠다며 자리로 가 보라 했고 나는 자리로 돌아와 빠진 것 없나 다시 한 번 체크하며 디테일을 보완하기로 했다. 그런데 하루가 지나고 이틀이 지나고 1주일이 지나도 답이 없었다. 진행이 되는 건지 마는 건지. 물어보면 좀 더 기다려 보라고만 하고 하도 답답해서 계열사 팀장한테도 슬쩍 찾아가서 물어보고 오다가다 안면 익힌 다른 직원들한테도 슬쩍 물어보기도 했다.

그렇게 하염없이 기다리던 중, 아주 재미있는 사실을 알게 된다.

2
너도 나도 무능하니
그냥싸우자

사공이 없으면 배는 산에서 출발한다
아니 배도 없어, 그냥 산이 산으로 간다

내가 보낸 아이디어는 어디선가 돌긴 돌았다. 그런데 문제는 이 아이디어에 대해 의사를 결정할 수 있는, 아니 의사결정에 참여할 수 있는 사람들이 너무 많았다는 거다. 간단하게 설명하면, A계열사의 대표는 아주 좋아하는데 B계열사의 이사가 안 좋은 것 같다고 하고, C계열사의 대표가 결재를 해 주었으나 A계열사의 이사가 반대해서 어디선가 결재는 났으나 어디선가의 반대들로 실행은 되지 않는, 뭐 한 마디로 아주 거지같고 복잡한 그런 상황이었다.

놀라운 사실은, 클라이언트는 A계열사고 B, C, D계열사는 상관이 없는데다가, 결재권자 같지도 않은 사람이 어째서 결재를 했는지, 아니 그것보다 누가 상신했는지도 모르겠고, 대체 다른 계열사의 누군가가 이미 결재가 난 건을 실행 못하게 막을 수 있는지, 놀라웠다. 심지어 우리가 시행사이고 내가 담당자인데 나는 왜 이런 사실을 모르고 있는 거지? 이 상황을 파악하면 파악할수록 내가 낸 아이디어는 영원히 돌아올 수 없는 강을 건넌 기분이었다.

무슨 사공이 많으면 배가 산으로라도 가지. 이건 배가 분명 떠났는데 사공도 없고 산이 출발해서 산을 향해 가는 기분이라고 해야 되나? 앉아 있으면 여기저기서 내 기획안에 대한 평가가 들리긴 했는데 대체 이 평가했다는 사람들은 왜 내 기획안을 알고 있는 건지도 모르겠고. 어디부터 어디까지 잘못되었는지 아니면 뭐가 잘 되고 있는지 알다가도 모를 일이었다.

최종적으로 한다, 안 한다의 명확한 의사결정도 없었다. 그저 내 아이디어에 대한 모든 것은 증발해 버렸고, 결국 이 마케팅이 필요했던 어플이 런칭되는 날까지 나는 아이 잃은 부모처럼 이 사람 저 사람 붙잡고 실행 여부를 묻다가 결국 놓아 주어야 했다. 웃기는 건 그놈의 어플도 사내에 개발자가 15명이나 있는데 그거 하나 몇 달 동안 못 만들어서 외주를 주는 바람에 무지막지하게 늦어졌다는 사실이다. 애초에 주 수입원인 앱을 외주 맡기는 게 말이 안 된다고 생각하지만, 아무튼 그 늦어지는 일정 속에서도 내 기획안은 온데간데없었다.

이게 무슨 거지같은 조직이야. 한탄하고 있을 때쯤 누군가 나를 스윽 데리고 나가서 은밀하게 나만 알고 있으라는 듯이 말해 주었다. 위에서 어느 분이 "내가 비슷한 거 해 봐서 아는데 효과가 있겠어? 나라면 안 하겠는데?"라고 하셨다는 말 한 마디에 전부 엎어졌다고. 당연히 타깃이랑 머니까 엿감쟁이이 너는 안 하겠지! 아니 그것보다 '위'가 대체 누군데? 아니 뭣보다도 비슷한 걸 해 봤다고? 진짜로? 게다가 그걸 왜 이 제야 말해 주는 건데? 그리고 이걸 말해 주는 너는 경영지원팀이잖아요. 이 사실을 왜 알고 있는 건데요. 담당자인 나도 모르는 걸.

그렇게 분노와 실망과 패배감에 절어 있는 와중에 또 굵직한 업무가 떨어졌다. 해외에서 4년에 한 번씩 열리는 국제 스포츠 대회에서 우리 그룹이 홍보부스를 운영한다고 한다. 그걸 나보고 맡으라고 했다. 한 번 거창하게 데이고 나니 일이고 뭐고 집어치우고 싶었지만 일단 몇 달간 일한 게 모두 증발해 버렸으니 이거라도 해야 한다는 심정이었다. 봉지 안에서 부서진 과자 가루마냥 바스러진 멘탈을 어떻게든 긁어모았다.

국내에 홍보부스 하나 운영하는 것도 힘든 일인데 외국이다. 심지어 생각보다 기반이 열악한 나라다. 생전 가 본 적도 없는 나라에 홍보부스를 설치하고 운영해야 한다고 한다. 그냥 여기까지만 해도 고생 견적이 얼추 나오는데 여기서 끝이 안 난다. 업무를 받고 자리로 돌아오니 이전에 내가 냈던 아이디어 공중분해 될 때는 어디 숨어서 도와주지도 않던 팀장 빌런들이 기다렸다는 듯이 슬그머니 나와서 또 의견을 쏟아낸다.

─우리 어디어디 계열사 아이템 시연 안 할 거야? 키오스크 보내야지.
─이벤트 안 할 거야? 이벤트?
─리플렛을 누가 읽는다 그래? 좀 획기적인 아이디어 좀 내 봐.

─뭐 하나라도 받아가는 게 있어야 부스에 사람들이 오지. 선물 만들
어 봐. 새롭게. 그 나라는 SNS 안 하나?

이 빌런 양반들은 이 프로젝트를 무슨 자기네 집 마당에서 수제 레모
네이드 파는 정도로 생각했나 보다. 홍보부스 현수막 하나도 인쇄 업체
를 현지에서 할지 여기서 제작해서 배송할지도 머리 터지겠는데 뭘 자
꾸 추가하래. 게다가 기한도 꽉 차 있었다. 불가능한 일정은 아니긴 한
데, 빡빡하게 일하면 어떻게든 일정은 맞추기는 하겠지만 한 번 겪어본
이 말도 안 되는 결재 프로세스들이 자꾸 마음에 걸렸다.

그 와중에 행사가 열리는 그 나라 통이라는 사람이 나타났다. 이 사람
때문에 그룹에서 계열사를 하나 새로 만들고 계열사 대표로 앉혀 주었
다. 뭐 놀랍지도 않지만 아무튼, 이 양반이 그 나라에서 영향력 있는 회
사와 파트너십을 맺어 준다며 그 회사 관계자를 데려왔고, 일 제일 잘하
는 직원으로 담당자를 골라왔다며 나를 불러다 인사시켰다. 나는 너네
소속도 아닌데 왜 나를 평가하고 너네 회사 일을 맡기냐…고 하고 싶었
지만 뭐 아무튼, 좋게 평가했다고 하니까 좋게 좋게 넘어가자 싶었다.
굉장히 어려 보이던 그 현지 회사의 담당자 친구는 반갑다며 손을 내밀
었고 나는 뭔가 저 거지같은 안개 속에서 나에게 내려온 동아줄 잡는 느
낌으로 손을 잡았다. 그게 썩은 동아줄인 줄은 꿈에도 몰랐지.

정신없었다. 통관부터 시작해서 배송 일정, 제작 일정, 심지어 우리 회사엔 제대로 된 디자이너도 없어서 내가 디자인까지 전부 맡아서 해야 했다. 아니 생각해 보니 웃기네, 자칭 종합대행사에 제작팀이 없어? 아무튼 키오스크는 전자제품이어서 무선기기 등 인증을 위한 허가가 따로 필요했고, 현지 인쇄업체 수준이 좋지 않아서 국내에서 전부 제작하고 보내기로 했다. 배송비가 너무 많이 들어서 이것도 적당선에서 협의해야 했고 빡빡한 일정 속에서 모든 게 숨 막히도록 바쁘게 바쁘게 돌아갔다.

일을 어느 정도 하고 나면 항상 고난이 찾아오는가 보다. 뭘 하려고만 하면 관련 계열사와 부서에 사람이 없었다. 시간은 하루하루 촉박하게 다가오는데 담당자가 없으니 미칠 노릇이었다. 부스 방문자 선물로 준비한 상품들은 세관에서 걸린다고 한다. 상업용으로 판매하지 않는다는 허가도 따로 받아야 한단다. 관계자는 늘 자리에 없고 나만 혼자 죽어라 전화 돌리고 디자인 하고 기획서 쓰고 업무 공유하고 보고했다. 그때쯤 현지 회사 관계자라는 어린 친구에게 전화가 왔다. 전화 받으니 다짜고짜 용건부터 내뱉듯이 말하는 게 범상치 않은 자였다. 내가 너한테 사채를 빌려 썼어도 이것보다는 정중할 것 같은데.

　—디자인 시안 좀 주세요.
　—아 그거 제작 중인데 완성되는 대로 보내드리겠습니다. 2일은 걸릴

것 같은데요.

—아니 빨리 달라고요. 지금 달라고 하지 않습니까? 당장 안 주면 행
사고 뭐고 다 안 돼요. 지금! 지금! 지금!

저게 과장으로 쓴 말이 아니라 너무 어이가 없어서 텍스트 그대로 적
었다. 진짜 저런 식으로 말했다. 이후 모든 커뮤니케이션이 저런 식이었
다. 아니 이 미친 인간아 홍보부스 목업이나 디자인 제작 시안을 어떻게
전화 받자마자 바로 주냐. 나도 결재 라인 있어서 외부로 파일 반출하려
면 허락받아야 돼!!! 나중에 알고 보니 저 담당자라는 놈은 그 현지 회사
사장 아들이었다.

—이거 행사 엎어지면 다 당신 책임입니다. 알아요?

와~ 가만 보니 이 미친놈이 갑질을 제대로 할 줄 안다. 미친놈의 지랄
병에 우리 회사 팀장급은 붙을 엄두도 못 냈고, 아니 숨기 바빴고, 그나
마 다른 본부 본부장이 붙어봤는데 그래도 아랑곳하지 않고 아주 지랄
이 풍년이었다. 다른 업무 때문에 바빠 죽겠는데 이 미친 인간 전화를,
그것도 국제전화로 내가 퇴근하고 나서까지 시달려야 한다는 게 진짜
너무너무 짜증 나 죽을 것 같았다.

아 잊고 있었다. 홍보부스 예산 결재가 안 떨어지고 있었다.

이 인간을 만나 보자_1
여우원숭이 선임

이 거지같은 조직에서 겪었던 인물 중에서 큰 축을 담당하던 사람들을 한 명씩 별칭 붙여서 소개해 보기로 한다. 이름 하여 '이 핵노답 조직 안에서 나와 일하는 이 인간을 만나보자.' 어떻게 별칭을 붙이면 좋을까 생각해 보다가 최대한 생김새와 분위기와 속성이 비슷한 무언가를 별칭으로 붙이기로 했다. 먼저 소개당할 영광의 인간은 여우원숭이다.

이 여우원숭이는 나와 같은 팀에서 일하는 직원으로, 직급은 선임매니저이다. 기획자라고 앉아 있던 그 두 명 중에 한 명 맞다. 이 양반은 뭐랄까… 항상 보면 하는 일은 거울 보기나 화장하기, 향수 뿌리기 같은 일을 하고 있었다. 나도 어찌어찌 하여 지원한 바와는 다르게 기획일을 맡는 바람에 같이 일할 경우가 참 많았는데, 이게 정말 쉽지가 않았다. 성격을 말해 보자면, 이 사람은 어디 선생님으로 일하면 참 좋겠다는 생각이 들었다. 자꾸 뭔가를 가르쳐주려고 한다. 본인 경력도 나보다 분명 짧고, 하는 일도 없어 보이는데 자꾸 뭘 가르치려고 한다. 정말 큰 문제는 뉘앙스였는데, 간단한 에피소드를 예로 들어보자. 한 번은 뭔가 기념

품을 제작할 일이 있어서 업체를 찾아봐야 할 일이 있었다. 나는 구글 검색이 익숙했고, 그래서 몇 군데 찾아본 다음 이 프로젝트를 같이 하고 있는 여우원숭이와 의견을 맞춰 진행해야 했기에 들고 가서 이러이러한 곳을 찾았다고 설명하고 일을 나누려고 했다.

　—이거보다 더 싼 게 얼마나 많은데 이걸 최저가라고 가져왔어요?
　—제가 찾을 때는 이게 제일 좋아 보였는데 다른 대안이 있나요?

　여우원숭이는 네이버에서 뭔가 두드리더니 몇 원 더 싼 걸 기어이 찾아내서 내게 보여주었다.

　—봐요. 이게 최저가지.
　—아 제가 구글로만 검색했어서 그런가 봅니다.
　—그럼 앞으로 네이버도 검색 좀 해보시면 되겠네요.

하고는 휙 돌아서는 것이다. 이게 글로 쓰니 뭔가 느낌이 안 사는데 그 뭐랄까. 틀린 말을 하는 것도 아니고 이렇게 글로 쓰면 문제 될 거 없어 보이는데 뭐랄까 미묘하게 무시당한 느낌을 주는…. 아니 대놓고 무시하는 뭐 그런 사람이었다. 말끝마다 "선임이시잖아요."라는 말을 '이 정도는 하셔야 되는 거 아닌가요?'라는 뉘앙스로 붙였었는데 거참, 몇 천 만 원짜리 예산안에서 눈을 부라리고 몇백 원씩 깎아내리는 짓을 1주일

넘게 붙잡다가 10만 원인가 얼마 벌었다고 의기양양하게 자랑하는 걸 보면 너도 그렇게 잘하는 건 아닌 거 같은데, 심지어 엑셀도 아니고 파워포인트에 표를 만들어서 계산기 두드려서 일일이 작업하는 걸 보면….

—그게 제일 최저가라고 믿어요? 허 참! 세상엔 그 사이트만 있는 게 아니에요.

야 그건 나도 알아…. 그런데 여러 제품 묶어서 제작 주문하려면 한 군데 주문 몰아주고 총액으로 협의하는 게 속 편하잖아. 왜 모든 품목을 하나하나 인터넷에 명시되어 있는 최저가로 여러 사이트에 각각 주문하려고 하는 거냐고. 몇십 원 차이 안 나잖아. 게다가 그 특유의 코웃음과 빈정거리는 표정으로 저런 대사를 아무렇지도 않게 말하는 걸 보면, 이게 이렇게까지 화낼 크기의 일이 아닌데 왜 본성 깊은 곳까지 긁히는 기분이 드는 건지.

─아니 이게 진짜 그래요? 내가 진짜 몰라서 묻는 말이에요.

여우원숭이의 최고의 명대사. 이 문장을 읽을 때는 꼭 자기가 알고 있는 한 가장 어이없어하는 사람의 말투를 떠올리며 읽었으면 좋겠다. 여우원숭이가 그랬으니까. 저기에 "네 그래요."하고 말하면 "허! 알겠어요."하고 휙 돌아서고 그랬다. 몰라서 묻는 게 아니었던 거겠지.

아무튼 그놈의 국제 체육대회 행사 홍보부스 기획 때문에 내가 바빠 죽겠는 걸 알겠는지 대표가 나에게 이 여우원숭이를 붙여 주었다. 나도 그 망나니 사장 아들 새끼와 계열사 직원들에게 시달리고 있던 터라 손 하나 늘어나면 좋겠다 싶었다. 근데 하필이면 붙여 준 게 여우원숭이었던 거지.

그리고 며칠 뒤 여우원숭이는 욱며서 사무실을 뛰쳐나간다.

납득 못 하는 사과
제발 일 좀 하게 해주라

고난의 연속이었다. 그 나라는 우리나라에 비해 경제가 그리 발달하지 못했고, 그래서 무슨 국제 배송 하나 보내는데도 신경 써야 하는 게 많았다. 가장 큰 해결 과제가 도난과 뒷돈이라니 말 다했지. 무엇을 제작하려고 하든 퀄리티를 보장 못 하는 건 당연한 일이고, 구글 지도로 봤을 때는 1시간도 안 걸리는 거리인데 도로 체계 자체가 없어서 5시간이 걸릴지 10시간이 걸릴지 장담할 수 없다고 했다.

이런 와중에 현지로 가는 회사 인력의 숙소, 항공편, 교통편 등도 내가 다 컨트롤해야 했다. 다들 뭘 해야 할지 아무것도 모르는 눈치라 나 하나 그냥 PM 세워 놓고 총알받이 겸 노예 하나 부리려고 일을 다 떠맡긴 기분이었다.

―그러니까 필요한 걸 싹 다 정리해 오란 말이야.

이 프로젝트를 성사시켰다는, 그 나라 통이라는 이 인간이 입버릇처럼 하던 말이었다. 이 인간은 항상 회의 때마다 나를 혼내며 저렇게 말을 했다.

와~ 아주 죽을 맛이었다. 뭐가 필요하다. 뭐 좀 확인해 줄 수 있냐. 이렇게 말하면 눈을 지그시 감고 있다가 "다음 회의 때 전부 정리해서 요청하세요. 하나하나 이렇게 회의할 때마다 말하지 말고."라고 말하고는 뭔가 '에잇 요즘 젊은 놈들이란 쯧쯧' 하는 표정으로 혀를 차며 회의실을 나가곤 했다. 생각해 보니 열 받네. 넌 내 상사도 아니잖아.

이런 무의미한 회의가 두 번 세 번 반복될 무렵, 나는 악이 오를 대로 올라서 엑셀 창 하나 켜 놓고 궁금한 거 아주 작은 것마저 하나하나, 어금니를 꽉 깨물고 눈에 불을 켜며 정리하기 시작했다. 어느 정도 목록이 마련되고 각 항목의 예상되는 견적을 알아봐야 했는데 여기서 여우원숭이와의 사건이 터지게 된다.

나와 여우원숭이는 지난 행사 때 썼던 물품 목록 4종과 새로 제작해야 하는 목록 1종 그리고 개인적으로 건의하고 싶었던 목록 2종을 준비했다. 총 7종의 리스트를 가지고 각각의 이유와 예상 효과를 정리해서 본부장에게 보고를 올렸다. 본부장은 쭉 훑어보더니 세 가지 안을 주었다.

—일단 추가되는 2종 빼고 5종짜리로 1안 견적 만들어봐. 아 혹시 모르

니까 7종짜리도 2안으로 하나 만들고, 정 안 되면 4종으로만 3안 가자.

나는 아직 정리해야 하는 항목이 많았으므로 견적은 여우원숭이가 짜주기로 했다. 아니 사실 내가 짜면 어차피 여우원숭이가 몇백 원 더 저렴한 최저가를 찾아내어 또 노발대발할 게 뻔했으므로 그냥 처음부터 속 편히 맡기기로 했다. '여우원숭이 님이 잘하시잖아요.'하는 기분 좋으라고 섞는 멘트 좀 첨가해서. 그리고 내 할 일 하러 자리로 돌아와 앉았는데 여우원숭이가 일어나더니 대뜸 물어본다.

─뭐부터 하면 되죠?
─다 하긴 해야 할 텐데, 일단 1안부터 하시죠. 정 시간 없으면 그거 먼저 컨펌받아야 하니까.
─그 종류 몇 개 빠진 안案 말씀하시는 거죠?

나는 잠깐 생각했다. 종류가 빠진다면 1안이랑 3안 두 개니까 내가 1안부터라고 말했으니 상식적으로 그렇다 하는 게 맞겠지? 하는 생각이 빠르게 스쳐 지나가고 "네"라고 대답했다. 그리고 다시 일하려는데 여우원숭이가 이상한데서 태클을 걸기 시작한다.

─잠깐만요, 1안이라면서요.

―네 맞아요. 1안.

―그런데 왜 종류 빠진 거냐고 물었을 때 네라고 하셨어요?

뭐지? 분명 한글인데 왜 무슨 말을 하는지 못 알아듣겠는 거지?

―네, 몇 개 빠진 거, 1안 맞잖아요?

―3안도 몇 개 빠진 거잖아요.

―1안도 몇 종 빠진 건 맞잖아요. 1안이라고 처음에 말씀드렸고.

―근데 왜 몇 종 빠진 거라고 물었을 때 왜 그렇다고 대답하셨냐고요.

이야~ 기가 막힐 노릇이다.

―알았어요. 미안해요. 그럼 1안으로 먼저 작업해 주세요.

―1안 맞는 거죠?

―네 맞아요.

―그런데 왜 아까는 그렇다고 하신 거예요? 제가 진짜 몰라서 묻는 거
  예요.

눈에 쌍심지를 켜고 그렇게 말하면 내가 뭐라고 하나 진짜. 저 밑도
끝도 없이 돌고 도는 의미 없는 대화를 30분인가 옥신각신하다가, 아니
여우원숭이의 일방적인 화풀이를 받아주다가 이대로라면 오늘 퇴근 전

까지 이거 끝내는 건 글러먹겠구나 싶었다. 진짜 시간 없는데. 이러면 안 되겠다 싶어 사과하기로 했다. 여우원숭이 자리로 가서 옆에 앉아 내 커뮤니케이션 방식이 잘못된 것 같다고. 우리 서로 사용하는 단어의 의미를 잘못 받아들여서 이렇게 된 것 같다고. 앞으로는 명확하게 전달해 드리겠다고.

차분히 말하고 싶었는데 화가 조금 섞였다. 아 진짜로 솔직하게 눈물이 좀 났다. 화가 치밀어 오르는데 그거 참고 사과하느라. 다시 자리로 돌아와 일하려는데 여우원숭이가 발을 쿵쿵 구르며 사무실을 뛰쳐나간다. 맞은편에서 들어오던 직원 한 명이 "왜 울면서 나가지?"라고 혼잣말을 했고, 하필 그걸 들은 팀장 빌런 중에서 평소에도 허세를 몸뚱이에 휘감으며 다니던 인간이 "누가 우리 여우원숭이 울렸어!"하며 사무실에서 고함을 질렀다. 이게 대체 무슨 상황이야. 난 모르겠다. 야~ 진짜 난 모르겠다.

아무튼 정신줄 간신히 붙잡고 어떻게든 겨우겨우 퇴근 시간에 맞춰서 일을 끝냈다. 울다 온 여우원숭이는 그래도 자기 할 일은 해주더라. 변하지 않는 그 사람 내려다보는듯한 태도와 제 할 일인데 왜 내는지 모르겠는 생색은 덤이었지만. 아무튼 완성된 보고용 파일은 뭔가 그럴듯해 보였다. 진짜 혹시 작고 작은 물품 체크리스트에 AAA 건전지 하나까지 다 넣었으니.

―그러니까 필요한 걸 싹 다 정리해 오란 말이야.

에 대답이 되겠거니 하고 생각했다.

큰 오산이었다.

병신은 뒤통수도 맞지 않는다
아니 맞지 못하는 건가?

4명의 직원을 현지 홍보부스 운영 인원으로 선정했다. 더 보내고 싶어도 그놈의 예산이 발목을 잡았다. 기념품 제작도, 홍보부스 제작도, 배송에 필요한 것도 모두 마련했고, 업체에 전화해서 시작! 하면 일정에 맞도록 빡빡하게 대기시킨 상태. 결재만 떨어지면 바로 처리될 수 있도록 협조를 구하고 문제없게 만들어 놨다. 문제는 이게 또 함흥차사였던 거지. 이놈의 조직은 대체 내 손에서 떠나보내 놓으면 아무도 말이 없어.

—언제 결정되는 건가요? 저희 예방주사 맞아야 하는데.

파견 결정된 직원이 슬쩍 물어보았다. 위생이라든가 여러모로 우리나라보다 열악한 환경이어서 텀을 두고 여러 번 접종이 필요한 주사도 있었고, 항체 생성까지 최소기간이 꼭 필요한 접종도 있었다. 이게 꽤 비쌌는데 속 시원하게 결정해 주는 이가 없으니 일정을 정할 수 없기도 하고 더 나아가 직원들 사이에서는 '가는 거야 마는 거야?' 하는 의문마저 돌기 시작했다. 아니 무엇보다도 돈을 줘야 주사를 맞든가 약을 사든가 하지. 한두 푼 하는 것도 아니고.

　더 이상 기다릴 수 없어서 직원들이 사비로 접종을 맞으러 갔다. 정말 웃긴 일이 아닐 수 없었다. 무슨 상황인가 싶었지만 나는 나름 PM이니 그냥 앉아만 있을 수는 없었다. 뭐라도 알아내야겠다고 생각했다. 그렇게 여기저기 계열사를 떠돌아다니며 관련된 사람들을 만나 몇 가지 사실을 알게 되었는데. 홍보부스에 들어가는 돈이 생각보다 많아서 운영을 해야 할 지 고민 중이라고 했다. 어이가 없네 진짜. 이거 너네가 하라고 해서 그 생고생하면서 기획안 짠 거 아니냐!

　이 홍보부스가 어떻게 이뤄진 거냐면 해외에 있는 큰 체육대회 행사에 암호화폐를 줬는지 어쨌는지 모르겠지만 아무튼 보여주기 식으로 파트너십을 맺게 되었다. 암호화폐와 체육대회 스폰서가 무슨 상관인지는 모르겠으나 아무튼, 그 특전으로 홍보부스 자리를 점할 수 있는 권한을 받은 것이다. 이 파트너십을 맺게 된 것이 현지 협력업체라는 망나니 놈 아버지 회사를 통한 거였고. 이건 정말 큰 기회라며 기회를 놓쳐선 안 된다는 게 그 나라 통이라던 새 계열사 대표의 주장이었고, 본인이 진행하겠다며 일을 가져갔다고 했다. 그러니까 나는 사실상 그룹의 어느 누구도 어떻게 진행되는지 모르는 일을, 다른 회사 대표에게 직접 지시 받은 꼴이었다. 어쩐지 아무리 우리 회사 상사들한테 상신하고 물어봐도 반응이 없더라니. 문제는 이 양반이 일머리가 아주 조금도 없고 감각도 없어서 한 100만 원이면 부스를 운영할 수 있을 줄 알았던 거지. 배송비만 500인가 나오는 기획안을 보고 아차 싶었을 거다. 아니 일단 접종비만 한 사람당 20만 원쯤 나왔던 것 같은데?

　게다가 홍보부스 자리도 무상제공이 아니었다. 이건 나도 좀 이상하게 생각한 부분이었는데 파트너십 특전이라면서 홍보부스 자리를 무상으로 제공해 주는 게 아니었다. 자릿값만 최소 100만 원, 이건 완전 변두리 자릿값이고 효과 좀 누리기 위해서 행사장 근처로 잡으려면 몇 배씩 뛰는 구조였다. 이걸 빠르게 경쟁해야 하는데 파트너십 회사를 한두 군데 주는 게 아니었기 때문이다. 행사 홈페이지 들어가 보니 수많은 회사 로고들 사이에 우리 회사 로고 진짜 눈곱만하게 콕 박혀 있더라. 얘네가 다 부스를 운영한다 치면 부스 자리는 거의 도시 밖으로 밀려날지도 모르겠다 싶은 수준. 게다가 이 금액은 1평 정도의 자리 가격이었고, 제대로 운영하려면 최소한 두 자리 정도는 사야 하는 상황이었다. 그러니 이왕 운영하려면 자릿세만 대충 몇 백에서 천은 우습게 깨지는 거지. 그거보다 적으면 그냥 청계천에서 플리마켓 한 번 여는 게 더 나은 수준인거고. 이런 판에 아무도 결정을 못해서, 정확히 말하면 뭐가 이뤄지는지도 모르는데 처음 계열사 대표가 '대충 돈 백이면 된다.'라고 말했을 프로젝트가 담당자 손을 거치니 몇 천이 되어가니까 책임질 사람이 없어서, 계속 미뤄지니 고를 수 있는 자리는 더더욱 안 좋아지고, 그러니 더더욱 결정을 못 내리는 악순환이 반복되고 있는 것이었다. 망나니 아들 새끼는 당장 결정해 주지 못하면 사고 터진다고 나한테 노발대발했는데 그 시점의 나도 어느 정도 해탈한 지경이어서 예예, 전달하겠습니다. 저는 의사결정권이 없어요. 더 빠른 답변을 원하시면 윗분들에게 물어보세요. 하고 말았다.

뭐 이제는 이딴 운영이 그다지 놀랍지도 않았다. 결국 물리적으로 준비할 수 있는 시간이 모자란 시일까지 왔다. 문자 그대로 데드라인 당일, 본부장에게 일 보고는 해야 했으니 어떻게 할까요 하고 물었다. 본부장도 화가 날 대로 나 있었다. 당연하게도. 어디서 굴러와서 일도 드럽게 못하는 양반이 남의 회사 직원 개고생 시킨다는 건 달가울 리 없으니. 그냥 싹 다 취소하고 업무 관련해서 뭐 오면 다 무시해 버리라고 했다. 배송은 전부 취소했고 제작이든 뭐든 다 접어야 했다. 예방접종 맞았던 직원들은 비싸게 주고 사온 예방약을 어떻게 처분해야 할지 고민했었고, 나는 급하게 견적 요청했던 제작사나 배송업체 등의 담당자들에게 일일이 전화해서 사과 말씀을 드려야 했다. 또 하나의 기획서가 이렇게 흐지부지 되어서 사라지는구나, 하고 생각했다. 하지만 이 회사는 내 상상을 한 번 더 넘어선 곳이었다.

뜬금없이 홍보부스를 운영하겠다고 한다! 1주일도 안 남았는데! 이게 무슨 개소린가 싶었는데 그놈의 계열사 대표라는 양반이 이따위도 결정 못 해줄 거면 그만두겠다고 협박하는 바람에 그룹 의장이 마지못해 허락했다고 한다. 와. 1주일도 안 남았는데? 왜 마지못한 결정을 나 빼놓고 또 니들끼리 정하냐. 게다가 이따위 사유로도 빨리 결정할 수 있는 사안이었으면 진작 했어야지 왜 이제 와서…! 갑자기 계열사 대표가 어깨를 펴고 우리 회사로 직접 왕림하셔서 나를 붙잡고 큰 소리를 치기 시작한다. 망나니 아들놈에게 전화가 오기 시작한다. 전보다 더 다급하게 소리를 지른다. 자꾸 디자인 시안을 내놓으란다.

　—지금 당장 안 주면 아무것도 못한다고요! 지금! 지금 빨리 내놔요!
　—아니 리플렛 시안을 어떻게 지금 당장 만듭니까.
　—지금 당장 안 내놓으면 사고 터진다고요!

　안 줘도 안 터지더라. 가만 생각해 보면 저 나라에서는 저렇게 다그쳐서 일을 시켜야 하나 싶었다. 그런데 그렇게 다그친다고 가능한 일정이 아닌데. 진짜 아무리 봐도 아닌데. 시안 하나 넘기는 것도 저 모양이었는데 홍보부스는 가관이었다. 시간이 없으니 현지 업체에서 현수막을 인쇄해서 급하게 꾸렸다고 했는데 퀄리티가 가관이었다. 모양새가 고향 가는 길가에 참외 파는 트럭 아저씨보다 더 구렸다. 아무리 그래도 국제 행사인데 이게 말이 되나 생각하고 있는데 파견 인력까지 당당하게 요청하더라. 애초에 기획했던 4명이 다 가는 건 무리일 것 같았고 일단 2명만 부랴부랴 짐을 싸서 출발했다.

어찌 되었든 이 일은 그렇게 허겁지겁 마무리되었다. 파견 직원에게 어땠냐고 물어보니 에스코트하러 나온 사람도 없었고 운전기사도 없어서 숙소까지 알아서 찾아가야 했고 열악한 홍보부스에서 온몸으로 땡볕을 맞아가며 개고생했다고 한다. 여러 의견을 듣고 나름 생각을 정리해서 조합해 본 결과, 협력사라는 그 현지 회사는 그 행사에 생각보다 영향력을 발휘할 생각이 없는 회사였고 우리에게 특별히 거대한 혜택을 준 것도 아니었다. 그냥 우리를 활용해서 뭔가 하려고 사기…까지는 아니고 암호화폐나 좀 받아내고 뒤통수 살짝 때리는 정도로 이용해 먹으려는 모양이었는데. 문제는 우리 회사가 너무 병신이라 제대로 못 때려본 거지.

그렇게 한 발자국 떨어져서 보니 굴러들어온 그 계열사 대표라는 양반 포함해서 이 행사에 관련된 온갖 놈들이 어떻게든 한 숟가락 챙겨 보려고 침 흘리면서 달려든 행적들이 보였다. 뒤통수 맞아야 하는 회사가 워낙 병신이라 다들 떠먹어 보지도 못하고 다 같이 병신이 되어 버렸다는 사실도 알 수 있었다. 이게 좋은 일일까 나쁜 일일까 생각해 보는데 문득 이상한 위화감이 들었다.

나 아직 수습이네?

3
이제 그만 이동시키고
정직원 좀 시켜 주면 좋겠다

난 아직 수습기간이에요
잊으신 거 없나요?

수습기간 중에 승진한 건 이미 말했다. 뭐 월급이 오르거나 결재권이 생기거나 하는 아주 조금의 이득도 없는 승진이었지만, 일단 형식상에서는 승진이니까 그렇다 치고, 처음 팀 정체성의 혼란 때문에 조직도 상에서는 두 번, 실제로는 한 번의 팀 이동까지 있었으니 참으로 역동적인 수습기간이라 할 수 있겠다. 수습기간이 뭐 그런 건가? 팀 체험 같은 거?

뭐 결과적으로는 그래도 내 자리 찾았다고 마음잡고 일해 보려는데 사내 팀장 빌런들이 못 하게 괴롭히고 있기도 하고, 온갖 일들이 개차반으로 돌아가 내 실적은 물론이거니와 회사 실적도 0에 수렴해서 지쳐가던 차였다. 뜬금없이 본부장이 잠깐 보자고 회의실로 불렀다. 나는 수습기간이 끝나가고 있었으므로, 혹시 여기에 대한 뭔가 언급할 게 있을까 싶어서 내심 긴장했다. 떨어지는 거 아닐까 하는 긴장보다 혹시 탈락하지 않고 이대로 계속 고용이 되면 이 조직에서 어떻게 버티지? 하는 긴장.

—너 다른 데로 가야겠다.

이때까지만 해도 수습기간 탈락한 줄 알고 속으로 쾌재를 불렀다.

—저 그 말씀은….
—옆 본부.

이 상황을 설명하기 위해 웃기지도 않은 조직도를 다시 살펴보자. 내가 속한 광고본부의 기획팀은 여태까지 하는 일을 살펴보면 그냥 이거 누가 하나? 하는 의문이 들 때 일 던져주는 팀이었다. 광고나 마케팅에 대해 전문성을 가진, 아니 아예 알고 있는 사람 자체가 없었는데 본부장이 자기도 기획팀을 만들고 싶다고 우겨서 생겼다는 바로 그 팀.

경영지원팀이 포함된 전략본부의 기획팀은 그때까지도 왜 따로 있는지 의문이 들던 팀이었다. 팀원이 두 명이었는데 회의할 때 항상 한두 명 꼭 들어와서 같이 하고 일도 같이 시키고, 그런데 일은 받아서 혼자 해 오고. 기획서도 따로 쓰고. 그러다 보니 뭐가 다른 팀인지도 모르겠고.

나중에 들어가서 보니 이 팀은 업무량이 엄청났다. 인원은 가장 적은 팀인데 사실상 '일'이라고 부를만한 일은 전부 이 팀으로 몰려 있었다.

문제는 정상적인 일이 아니고 병신들이 어떻게든 일 흉내라도 내보려고 아무거나 받아서 붙잡고 있다가 결국 자기들이 처리 못 하는 일이라는 판단이 들 때쯤 와서 업무를 던지고 가 버리는 그런, 소위 짬 처리 전문팀이었다.

업무만 그러면 상관이 없는데 본부장이 참으로 지랄 맞은 인간이었다. 인성이 아주 뭐랄까. 쓰레기였다. 다른 본부 사람들이나 심지어 다른 계열사 사람들에게도 유명했는데 그때는 나만 몰랐나 보다. 아무튼 이 팀으로 나보고 가란다. 그 팀 막내가 수습 통과를 못하는 바람에 안 그래도 없는 인원, 더더욱 힘들어졌고, 상대적으로 사람은 많은데 일은 널널해 보였던 우리 쪽에 인원 충원 요청을 했고, 고민하던 끝에 나를 보내기로 했다는 것이다. 그나마 일은 좀 하는 것 같으니 보내도 욕은 안 먹겠다 싶었다는 게 이유였다.

일단 알았다고 했다. 그렇게 나와의 독대가 끝나고 본부장이 우리 팀 사람들을 소환하더니 뜬금없이 여우원숭이를 보며 너를 보내기로 했다고 장난을 쳤다. 이건 뭐 밑도 끝도 재미도 감동도 없는 나 홀로 몰래카메라인가 하는데 갑자기 이 여우원숭이가 눈물을 뚝뚝 떨어뜨리며 울기 시작했다. 본부장이 손사래를 치며 크게 당황하더니 달래준다는 말이.

—야, 너는 내가 끝까지 지켜줄게! 걱정하지 마! 너 안 보내! 쟤 보낼

거야 쟤.

　물론 뭐 위로한다고 그렇게 말했겠지. 그런데 그러면 가는 나는 뭐가
되냐. 이 어이없는 시트콤 같은 상황을 뒤로하고 자리로 돌아와 옮길 준
비를 시작했다. 그러고 있는데 내가 이동하기로 한 팀의 매니저가 지나
가다가 내 자리로 오더니 갑자기 실성한 듯이 웃었다. 대체 왜 웃냐고
물어보다가 결국 나도 같이 웃었는데 이때는 몰랐다. 이 사람이 이 회사
의 한줄기 빛 그 자체인 사람일 줄은.
　한바탕 소동 끝에 나는 자리를 옮겼고 밥 먹고 돌아와 오후가 되니 광
고본부 본부장이 갑자기 날 다시 불렀다.

　—야, 너 영상으로 지원했었어?

　아, 네가 직접 면접도 봤잖아. 게다가 간간이 와서 면접 때 엄청 좋게
봤다고 다른 사람들한테 훌륭한 직원이라고 막 자랑도 하고 그랬잖아.
여태 지원한 포지션도 모르고 일을 시켰냐.

　—너 영상 얼마나 하는데? 몇 급이야?
　—급수를 어떻게 따지나요?
　—아니 뭐 고급 S급 이런 거 있잖아. 네가 생각하기에 너는 무슨 급이
　　냐고.

이 인간 내 포트폴리오 안 봤구나. 나는 핸드폰을 뒤적거려서 지원할 때 줬던 포트폴리오 중 몇 개 뽑아서 보여주었다

　—급수는 잘 모르겠고 영상이랑 디자인도 같이 전공해서요. 기획부터 제작까지 혼자 한 것들인데 몇 급이라고 하면 되나요?
　—너 디자인도 전공했어?

진짜 아무것도 안 봤구나. 영상도 디자인도 관련 전문 인력이 부재하다 보니 그냥 포토샵 좀 할 줄 알면 디자인 전담, 카메라 쓸 줄 알면 촬영, 이따위 주먹구구로 일을 시키고 있었다. 그러다 내가 디자인과 영상이 가능하다는 사실을 직원들도 알게 되어서 하나 둘 찾아와 도움을 요청하는 일이 점점 많아졌고, 그때마다 남는 시간에 할 게 없을 때 조금씩 도와주고는 했는데 나를 다른 본부로 보낸다는 말을 듣고 직원들이 몰려와 안 된다고 했다 한다. 하지만 이미 독단적으로 결정해서 통보하고 이미 이동한 상황이었고, 이딴 사실을 그제야 알아 버린 것이었다. 그러고는 다시 날 데려오겠다고 난리를 쳤는데 절대 안 된다고 선을 그었다고 했다. 아니 저 사람은 나의 뭘 보고 다시 안 준다는 건가. 나 수습기간이고 일한 것도 없고. 근데 누구를 다시 보내게? 여우원숭이? 나중에 전략본부의 본부장이 나에게 이런 말을 했다.

　—아니 오전에 보내 놓고 오후에 다시 달라는 거야. 쓸모 있는 놈이구

나 싫어서 안 줬지.

뭐 아무튼 그렇게 나는 본부를 옮기게 되었고 그건 대환장 파티의 시
작이었다.

이 인간을 만나 보자_2
고블린 본부장

내가 옮기기로 한 본부의 본부장을 설명하는데 많은 말이 필요하지 않다. 문제는 쓸 수 있는 나머지 단어가 너무 심한 육두문자들이라는 점이다. 능력은 조금 있어 보이는데 인성이 아주 쓰레기 같아서, 회사에서 소리 지르는 건 둘째 치고 회의 테이블에 드러누워서 회의를 하거나 말도 안 되는 꼬투리 잡아서 사람 엿 먹이는 게 주특기인 인간이었다. 더 빡치는 사실은 뒤에서는 지가 왕인 양 있는 허세는 다 부리고 다니고 상사들이나 남들 욕 실컷 하면서 자기 없으면 큰일이라도 나는 것 마냥 말하고 다니다가 정작 그 사람들 만나면 무슨 접이식 핸드폰 제품 테스트하는 것처럼 허리가 쉬지 않고 굽어진다는 거였다.

예를 들면, 쉬지 않고 허리를 굽히며 굽실거려 만든 인맥으로 알게 된 한정적인 정보를 손에 쥐고 공유도 안 하면서 부하들에게는 알아보지 않았다고 혼이란 혼은 다 내놓고 끝까지 공유 안 하다가 결국 큰 선심 쓰듯 알려주거나, 자기 기분이 좋은 날에는 결재도 잘해 주고 화도 안 내다가 조금만 마음이 불편하면 소리에 소리를 지르면서 아주 그냥 생지랄을. 아 여기서부터 너무 험한 단어들이 나와서 이걸 대체할 이미지를 넣기로 했다.

후… 그러니까 아주 이

는 허세로 아주 똘똘 뭉친 인간이었는데 일과 상관없이 퍼포먼스를 더 중요하게 여기는 인간이었다. 예를 들면 단체 메신저에서 뜬금없이 나에게 화를 내고 혼내다가 뒤에서는 이런 걸 보여줄 필요가 있어서 그런 거니 보여주기 식의 일은 마음에 담아두지 말라고 슬쩍 말해 주거나—물론 지 기분 좋은 날에만—회의 때 다른 사람이 뭐라고 말하고 나면 그 말의 진짜 의미를 모르겠냐며 그놈의 의미, 속내를 그렇게 강요하고 관심법을 수행하게 시켰다.

어디까지가 농담이고 어디까지가 진담인지 알 수 없어서 모든 말과 행동을 긴장하고 진지하게 받아들여야 했다. 문제는 인맥으로 팀장 이상의 자리를 채워 넣어 무능의 극치를 달리던 조직도 안에서 유일하게 대기업 출신이었다. 그래서 회사 안에서도 무소불위의 입지를 자랑했는데 성격이 손대기 어려울 만큼 심하게 더러웠고, 그러다 보니 조직 전체가 이

에게 긴장하고 있었다. 심지어 예쁜 여직원들이라도 들어오면 과하게

집적대고 SNS로 친구 맺고 따로 술자리 불러내고 했다. 그런 인간이 내 직속 상사가 되었으니 이 얼마나 거지같은 일인가. 이 시한폭탄 같은 인간은 나중에 허세란 허세는 잔뜩 부리다 결국 비참하게 도망간 놈이다. 병신.

　내가 본부 이동을 발령받은 첫 주, 금요일에 고블린 본부장은 나를 데리고 다른 지역에 사무실을 두고 있는 계열사로 외부 미팅을 나갔다. 가고 나서 보니 그냥 본부장과 계열사 대표끼리 커피 한 잔 마시고 요즘 별일 없으시죠 형님, 하는 등의 정말 아무런 의미 없는 자리였다. 계열사 대표가 자리를 잠깐 비웠을 때,

　—이렇게 사람 나가고 바로바로 채워 줬다는 인식을 심어줘야 해. 뭐
　　안 해도 되는 미팅인데 그런 것 때문에. 알지? 복귀해도 퇴근 시간
　　지날 테니까 오늘은 여기서 퇴근해.

하고 말했다. 소문보다는 괜찮은 사람인가? 그래도 유도리는(융통성이 표준어이겠지만 여기서는 속된 말이 더 어울려서) 좀 있네 하고 나는 그렇게 퇴근했고 월요일에 거하게 욕을 처먹었다. 출장을 다녀왔는데 회의록을 안 썼다는 게 이유였다. 금요일엔 기분 좋은 일이 있었고 월요일에는 기분이 나빴던 게 분명하다. 오전 내내 우리 팀 팀장을 불러서 사무실 전체에 울려 퍼지도록 소리를 질러가며 혼을 냈다. 사실상 나 들으라고 하는 퍼포먼스임에 틀림이 없었다. 어금니 꽉 깨물고 그 소릴 들어가며 회의

록을 쓰기 시작했다. 네가 퇴근하라며. 그리고 오간 말이 없는데 무슨 회의록을 쓰냐 이

그래도 어떻게든 쥐어짜서 회의한 것처럼 보이게 쓰는 데에 성공했다. 적어도 조직 구성원이 다 볼 텐데 두 시간 동안 안부 묻다가 끝났다고 쓸 수는 없는 일이니 알아서 그럴듯하게 말을 꾸며냈다. 그룹웨어에 올리니 점심시간이 되었다. 그래도 바람직한 오전을 보냈다고 생각하며 점심메뉴를 고민할 때쯤 이 고블린이 또 팀장을 불러서 고래고래 소리를 질렀다. 대표님도 보시는 회의록인데 이딴 식으로 쓰면 되겠냐며. 뭘 그렇게 잘못했나 회의록을 열고 생각하는 중이었는데 내가 올린 회의록에 댓글이 달렸다. 고블린 새끼가 꼬투리 하나하나 잡아가며 한 장문의 질문들이었다. 그러니까 무슨 회의 때 나왔던 단어가 있으면 그 단어를 해석해서 풀어 써야 한다며, 그 단어의 의미 파악이 제대로 안 되었다며, 단어 단위로 가루가 되도록 까인 건 정말 오랜만이었다. 직접 오가지도 않은 말이고 내가 꾸며낸 단어인데 거기 의미가 어디 있냐. 원작자

가 모르는 출제의도가 있다는 말이냐.

기가 막혀서 질문을 보고 있는데 다들 점심 먹으러 일어나는 분위기였고 나는 암묵적으로 이거 점심시간에 올려야 한다는 생각이 들었다. 만약 올리지 않고 밥이라도 먹으러 간다면 오후의 일은 상상하기도 싫었다. 결국 점심시간이 반이 지나도록 나는 또 새로운 소설로 회의록을 채워야 했고 그에 대한 변명을 구구절절하게 댓글로 작성하고 나서야 오후에는 별 지랄 없이 넘어갈 수 있었다.

후… 아 진짜 이 고블린 이ㅅ

와 씨 속이 다 시원하네.

이 인간을 만나 보자_3
하늘다람쥐 팀장

이제 드디어 우리 팀을 소개할 때가 온 것 같다. 내가 몸담은 이 팀은 수차례 있었던 사내 자리 이동의 마지막이었으며 유일하게 말이 통해서 뭔가 발전해가고 있다는 느낌을 받은 아주 아주 좋은 팀이었다. 그 고블린 본부장 시

만 아니었어도 아주 좋은 팀이고 성과도 좋았을 텐데.

아무튼 우리 팀은 회사에서도 최종병기 취급이었고 다른 계열사에서도 믿어 주는 팀이었다. 실질적으로 기획서 제일 잘나오는 팀. 물론 좋은 의미는 아니었다. 좋은 일이든 나쁜 일이든 죄다 우리에게 짬 처리하듯

희망사항

천하무적기획팀

팀장인데
제일 어림

팀장

날다람쥐 옷이
너무 잘 어울림

드디어 팀을 찾음

아직 후광이
보이는 듯한 착각...!

걸어다니는
인간 해설책!

던져진다는 의미였으니까. 아니지 좋은 일이 어디 있어. 나쁜 일만 가득이었지. 각설하고, 그런 우리 팀의 든든했던 팀장 한 번 소개해 보자.

하늘다람쥐 팀장은 검색광고 매니저 출신으로, 어릴 때부터 실무에 뛰어들어 온갖 풍파를 몸으로 겪은 인물이었다. 언젠가 하늘다람쥐 팀장이 뭔가 엄청나 보이는 분량의 엑셀 작업을 미친 듯이 하고 있었는데 가만 보니 업종별, 아이템별로 정리해 놓은 평균 ROAS(Return On Advertising Spend: 광고 투자 대비 회수율) 수치 자료였다. 이 방대한 수치들은 어디서 레퍼런스를 찾은 건가요? 라고 물었는데,

—제가 옛날에 해보니까 이렇게 나오더라고요.

라는 답변이 돌아왔다. 세상에 그 많은 매체와 아이템 광고를 다 해봤다는 소리인가? 하는데 심지어 수치를 외우고 있었다. 다만 나와는 끝까지 입장이 정반대였는데, 하늘다람쥐 팀장은 지극히 정량적이어서 수치와 계산식을 세우고 유저의 반응에 따라 비용을 지불하면서 매체전략을 수립해야 한다는 사람이었고 나는 정성적인 사람이어서 매번 아이디어와 기획 끝에 나온 컨셉 도출, 이에 따른 아트워크, 캠페인의 전략이 중요하다고 생각하는 사람이었다. 그러다 보니 늘 숫자 vs 크리에이티브의 입장으로 부딪히고는 했다.

브랜드에 대한 의견도 달랐는데 나는 전통적인 브랜드 마케터의 입장으로 브랜드가 추구하고자 하는 방향에서 세일즈 포인트를 만들어 타깃에게 어필할 수 있는 방향을 찾아야 한다는 입장이었고, 하늘다람쥐 팀장의 입장은 이미 타깃이 원하는 바는 검색 결과 값으로 충분한 데이터가 있으니 브랜드는 여기에 맞추어 세일즈 포인트를 찾아야 한다는 입장이었다. 그러니까 쉽게 말하면 브랜드는 만들어서 시장에 전달하는 것이냐, 아니면 시장에 이미 있는 것을 찾아야 하는 것인가에 대한 방향성을 두고 무엇이 먼저냐에 대한 견해가 완전히 달랐다.

처음에는 크게 반발했고 내가 옳다는 걸 어떻게든 증명해 보려고 했는데 이게 일하면 일할수록 새로운 관점이 생기게 되었다. 처음에는 발로 뛰는 현장직과 사무실에서 기획을 구상하는 기획자간의 간극이라 생각하고 열심히 배우려고 노력했다. 그런데 생각보다 두 사고가 다른 것이 아니라 어쩌면 함께 생각했을 때 더 강력한 기획이 나오겠구나 하는 걸 깨달았다. 결과적으로 데이터에 의존하고 데이터 보는 방법과 활용법을 추구하던 하늘다람쥐 팀장의 마케팅 방식은 나중에 그로스 해킹을 이해하는 데에 아주 큰 도움이 되었다.

아! 팀장의 별칭이 왜 하늘다람쥐인가 하면 유독 체구가 작은 분이 가끔 가오리 티셔츠 같은 걸 입고 와서 꼭 날다람쥐 같은 포즈로 돌아다니고는 했기 때문이다.

이렇게 대단해 보이는 팀장이지만 슬펐던 부분은 직속 상사가 고블린이었다는 거다. 하늘다람쥐는 그 역량을 일찌감치 알아보고 대표가 팀장으로 불러들였지만, 큰 그림 보기 좋아하고 처세법을 더 높게 평가하던 대기업 출신의 고블린 눈에는 왜 이 사람이 기획팀 팀장인지 이해 못했을 터다. 언제나 쥐 잡듯이 괴롭히고 볶아대고 툭하면 너는 아직 알에 갇혀 있어서 생각이 크지 못하다며 질타했다. 그 질타도 성장을 바라는 게 아니라 그냥 인격 하나를 죽여 버리려는 것처럼 보일 만큼 가혹했다. 그러다 보니 팀장은 어떤 일을 하더라도 확신이나 자신이 많이 없는 모습이었다. 이건 정말 마지막까지 우리 팀의 발목을 잡고 괴롭히게 된 큰 원인이었고 갈등이었다.

항상 이번 기획서는 망한 것 같다는 말을 입에 달고 있었는데 처음에는 왜 이런 말을 하지? 하고 이해를 못하다가 어느 순간부터는 안쓰러운 마음이 먼저 들기도 했다.

이 인간을 만나 보자_4
빛 매니저

빛 매니저는 나와 같은 직급의 매니저였는데 내가 발령을 통보받던 날 내 자리에 와서 계속 배를 붙잡고 있던 그 매니저이다. 3명이 팀인 이곳에서 유일한 내 동료였고, 이 빌어 처먹을 회사에서 유일하게 의지할 수 있었던 든든한 최종병기 같은 인물이었다.

일단 일을 정말 잘했다. 일을 잘한다고 평가하기에는 많은 기준이 있겠지만, 일단 이 사람에게는 능력과 근성과 눈치가 모두 상위 수준이었다. 사람이 지치지도 않고 아이디어를 끊임없이 내고 정리하고 공유하는데, 뭐라도 맡기면 그렇게 든든할 수가 없었다. 내부 커뮤니케이션도 무엇 하나 놓치는 것 없이 철저하게 관리했고, 내·외부 미팅이라도 하면 비언어적인 커뮤니케이션도 눈치껏 파악해서 관계자들과 공유하고.

디자인도 말할 것 없이 훌륭했다. 본인은 뭔가 배운 적이 없다고 말하지만 이미 사고방식 자체가 몇 년 전공한 사람보다 훨씬 높은 수준에 있었고 거기 더해 감각이나 센스가 정말 창의력으로 똘똘 뭉친 사람이었다. 그런데다가 성격도 밝고 쾌활하고, 겸손하기까지 했다. 이런 사람이 동료라서 정말 다행이라고 생각한 적이 한두 번이 아니었다.

우리 팀 안에서 하늘다람쥐 팀장이나 내가 일을 하다가 도저히 해결 못 할 일이 있으면 빛 매니저를 소환했고 엎드려 절을 하며 구원의 손길을 내려주시길 바랐다. 한 마디로 데우스 엑스 마키나. 빛 매니저는 부끄러워하면서 역시 엄청난 역량으로 일을 해결해 주었는데, 그리고 유유히 자리로 돌아갈 때의 후광은 정말 본받을 만한 자태였다.

마치 적토마를 탄 여포처럼 업무를 처리했는데, 문제는 그 능력 때문에 온 세상 사람들이 별 시답잖은 업무까지 압박을 주고 정작 실행도 안할 기획서를 산처럼 찍어내도록 만들었다는 게 문제였다. 나는 진작에 포기하고 던질 때도 많았는데 그걸 혼자서 끝까지 완성도를 챙겨 찍어내는 걸 보면서 환생 두어 번 해도 저렇게는 못 따라 하겠다고 생각했다. 아무리 생각해도 정말 대단한 사람이다.

여기 나까지 포함해서 우리 셋(나, 하늘다람쥐 팀장, 빛 매니저)은 항상 뭉쳐 다녔고 이 조합은 사내에서도 유명해져서 완전한 팀이라는 평가를 받고는 했다. 그 고블린 개

만 아니었어도 정말 즐거운 회사생활이었을 텐데.

아무튼 우리 팀만 놓고 보면 정말 일 잘하고 즐거운 회사생활이 될…수도 있었을 것 같다. 아니 실제로 재밌고 즐거웠다. 같이 게임도 하고 커피도 마시고. 빛 매니저는 담배도 안 피우면서 나랑 하늘다람쥐 팀장이 담배라도 피우러 가면 꼭 따라오면서 수다도 떨고 그랬었으니까.

그런데 얼마 후 대규모 구조조정이 있을 거라는 소문이 들려오기 시작했다.

소문내는 놈과 소문 만드는 놈
이게 회사냐 아니면 이벤트 기획사냐

일단 대규모 구조조정 이야기에 앞서, 이 무간지옥에서의 우리 팀 업무행태를 조금 써 보자. 주 업무는 광고 기획이었는데 사실상 일은 하늘다람쥐 팀장이 거의 다 했다. 그도 그럴게 이 대행사는 종합 광고 대행사의 업무를 하기에는 구성인력의 전문성이 조금도 없었고, 때문에 대표가 여태 해오던 일인 검색광고나 바이럴 마케팅이 주 업무였다. 그러니 지시도 그 업무밖에 못 내렸고 그동안 브랜드 기획과 콘텐츠 제작 경험이 주였던 나나 오프라인 행사 업무가 주였던 빛 매니저는 검색광고나 바이럴 마케팅 경험이 거의 전무했기 때문에 어떻게 손댈 수 없었다.

이러한 업무 불균형은 모두에게 악영향을 끼쳤다. 고블린 본부장 새끼는 계속 하늘다람쥐 팀장을 쪼아대며 일을 주고, 그러면 하늘다람쥐 팀장은 가르쳐가면서 우리에게 일을 줘야 하는데 고블린 본부장이 데드라인 얼마 안 남을 때 일을 줘서 급하게 혼자 처리해야 했고, 그러니 일은 우리에게 내려오지 않고, 그런 일상이 반복되니 일이 쌓여 처리속도는 느려지고, 일은 쌓이는데 나와 빛 매니저는 손이 놀고, 고블린 본부장은 뭐가 문제인지 아는 눈치인데도 팀장이 리소스 분배를 못한다고 지랄하고, 뭐 그런 악순환의 반복….

　간혹 기획서 작업이나 아이데이션이 필요한 마케팅 기획 일이 생긴다면 우리에게도 업무라고 할 만한 게 생기고는 했다. 그런데 그것도 나름 큰 문제가 있었다. 모든 계열사가 우리를 다른 회사가 아닌 그냥 언제든 데려다 쓸 수 있는 마케팅 B팀 정도로밖에 생각을 안 하고 있다는 사실이었다. 고블린 본부장이 한결같이 말하기를.

　—우리는 광고 기획사야. 돈 받기 전에 일 해주지 마.

라고 하는데 아니 같은 건물에서 매번 얼굴 보는 사람들이 와서 일 좀 도와달라는데 그걸 뭐 지가 내치던가 해야지 우리가 어떡하냐. 우리는 일개 팀장 하나와 선임 둘인데 어떻게 거절을 한다고. 게다가 고블린 이 새끼는 우리한테는 그렇게 소리 지르고 욕하면서 있는 폼은 다 잡고 정작 그렇게 일 주러 오는 사람한테는 폴더폰 접히듯이 인사하면서 빌빌거리는데 우리 팀 위신이 어디 있겠냐고.

　또 문제는 그렇게 뼈 빠지게 고생해서 기획해 주면 결재 라인에서 다 막히고 결국 집행도 안 되어서 돈도 못 가져오고, 그래서 업무한 것들이 공중으로 날아가는 일상이 반복되었다는 사실이다. 아니 진짜 너무 늦어서 오늘 당장 필요하다 했으면 결재라도 제대로 해주든가. 데드라인이 내일까지인데 결재는 왜 안 내려주는 건지. 어렴풋이 느끼는 건데, 연말에 각 계열사 평가할 때 지들만 성과 자축하던 프로젝트들이 우리가 중간에 튕겨나간 것들인 걸 보니 우리에게 실적 주기 싫어서 결재 안 내주고 아이디어만 빼먹은 것 같았다.

이런 대환장의 일상이 지속되는 와중에 결국 나와 내 동기들의 수습 평가 차례가 돌아왔다. 이야! 저렇게 많은 일이 있었는데 겨우 수습 기간이라는 게 믿기지 않지만 겨우 석 달 만에 이 모양 이 꼴이었다. 동기들은 모여서 제발 잘리기를 바라는 마음으로 마지막 인사라며 반은 농담으로 주고받았다. 일단 A형님은 탈락. 솔직히 까놓고 말해서 잘린 게 더 좋은 일이었다. 결과적으로 이 형님은 이 회사에서 만난 직원 한 명과 결혼까지 하게 되며 이 회사 최고의 아웃풋이라는 웃지 못 할 농담이 붙어 버렸다. B양은 일이 있는 팀으로 이동하는 걸로 협의하고 잔류. 이럴 거면 왜 새 본부를 이름만 만들어 놓고 석 달 동안 놀게 두었는지 모르겠다.

이제 내가 남았는데. 남들은 수습 종료 1주일 전에 다 통보받고 짐 싸고 하는데 이상하게 나만 종료일이 다가와도 말을 해주지 않았다. 뭔가 입사할 때의 그 방치가 떠오르기도 하고. 직접 물어봐야 하나? 하고 고민하고 있는데 나를 보내 버린 옆 본부 본부장이 슬쩍 오더니 A형님이 퇴사한다는 소식을 말해 주었다. 그래도 친한 사이였던 것 같은데 상심하지 말라며. 위로의 말이랍시고 건네는데 '아뇨 저는 부러운데요.'라는 말이 서의 목구멍까지 올라왔다. 그린데 이 옆 본부 본부장이 말을 하다 말고 갑자기 목소리가 높아지더니.

—야, 그런데 넌 동기잖아! 넌 평가가 어떻게 된 거야!

이 아저씨야 나도 그게 궁금한데 그걸 나한테 물어보면 어떡하라는 거냐. 그리고 내가 누구인지 자꾸 잊어버리는 모양인데. 너 진짜 나 뽑은 거 맞냐. 하는 표정으로 저도 그게 궁금하다며 옆에서 일하던 하늘다람쥐 팀장에게 슬쩍 물었다. 팀장은 뭔가 생각났다는 듯이 아! 하면서 하던 일을 멈추고 자세를 고쳐 앉아 나를 보며 수습 평가 결과를 알려주었다.

—아! 맞다 선임님은 계속 일하시기로 했어요.

본부장은 어이가 없어 하면서 물었다.

—애 여기서 일한 지 1달도 안 됐잖아. 뭘 보고 평가한 건데?

그러니까요. 나도 놀이공원 같은 직장 내 팀투어 같은 거 안 했으면 일 더 많이 했을 텐데 말이에요. 이게 누구 탓인지는 모르겠지만 이력서 기억도 못하고 수습 평가 기간인 것도 기억 못하고 그래서 한 달 넘게 방치되어 있다가 날려 버리신 장본인이 궁금해 할 사안은 아닌 것 같기도 하고요.

　—전에 있던 팀 팀장한테 인계받아서 작성했어요.

　팀장이 깔끔하게 마무리 지어 주고 다시 일하러 돌아앉았다. 나중에 알고 보니 이전 팀장에게 수습 평가서 인계를 요청했으나 내 이름 석 자 쓴 빈 문서가 날아왔고, 하늘다람쥐 팀장은 그걸 보고 무슨 의미일까 고민하다가 사람도 없고, 결국 그냥 대충 써서 평가서를 마무리했다고 했다. 그러니까 내 업무 평가는 백지였던 거다. 놀랍지도 않다. 그 본부장에 그 팀장이구나.

　떨어졌어야 했는데… 왜 나는 붙어서 이 생고생을 계속해야 하나… 하는 와중에 곧 대규모 구조조정을 계획하고 있다며 고블린 본부장이 본부 회의를 열어 말을 꺼냈다. 이 그룹에서 구조조정 경험자가 자기밖에 없다고 그룹 전체 구조조정을 맡았다고 했는데, 당분간 비밀로 하고 있으라 했다. 그래 놓고 웃기게도 모두가 별말 안 하는데 본인이 하도 떠벌리고 다녀서 결국 그룹 전체에 모르는 사람이 없을 정도로 일이 퍼져 나갔다.

그것도 투명하게 공개를 다 한 것도 아니고 춤을 추면서 이상한 뉘앙스로 자랑질만 늘어놓고 다녀서, 이 한정적인 정보를 얼핏 들은 사람들이 많은 탓에 그룹 선제에 온갖 흉흉한 소문이 돌았다. 특히 뇌피셜 좀 쓰는, 떠벌리기 좋아하는 이들은 온갖 음모론을 퍼트리고 다녀서 다양한 버전의 소문들이 쏟아지기 시작했다. 조직이 크면 묘하게 어울리는 몇몇의 그룹이 생기기 마련인데, 나는 애매하게 여러 그룹의 사람들과 이야기하는 축이었다. 애초에 어디 줄 타고 하는 걸 싫어하는 터라 정보가 많이 들어오는 이런 위치가 더 좋았다. 그래서 원하든 원치 않든 소문들을 꽤 접할 수 있었는데, 대체 이게 설립된 지 1년도 안 된 회사에서 돌만한 소문이란 말인가 하는 의문이 들었다.

누가 뭘 횡령해서 뭘 어떻게 회사를 잡아먹으려고 한다는 둥, 누가 누구를 잘라 버리려고 정치질을 하고 있다는 둥, 누구는 누구랑 절친이어서 같이 손잡고 그룹의 돈을 뺏어먹으려 한다는 둥. 심지어는 성추행이라든가, 업무 외적으로 좋지 않은 소문도 돌기 시작했고, 임원들의 술자리 사생활 같은 음모론까지도 번져나갔다. 아, 이래서 내부 PR이 중요하구나 싶었다.

이 시기에 전체 그룹사를 통틀어 능력이 있다 하는 사람들은 줄줄이 퇴사하기 바빴다. 그도 그렇게 이렇게까지 흉흉한데 여길 다닐 마음도 안 들 것 같았고 나도 그게 맞다는 생각이었지만, 나는 이 재밌는 회사를 더 다녀보기로 마음먹었다. 죽이 되든 밥이 되든 1년은 버텨 보자는 마음으로. 무엇보다도 하늘다람쥐 팀장을 보며 이 분야에서 더 배울 게 남아 있을 것 같은 생각도 들었고.

그리고 그 선택을 퇴사하는 날까지 후회하게 된다

4
무슨 구조조정을
타노스 손가락 튕기듯 하냐

피바람
이 회사의 평화를 위해 인원 절반을 날려 버리겠습니다

　　온갖 소문이 무성했으나, 그 소문이 무색할 만큼 며칠이 지나도 아무 소식이 없었다. 정말 구조조정을 하긴 하는 거냐며 허공에서 잠깐 타올랐다 꺼져가는 불씨같이 저마다의 기억에서 조금씩 잊혀졌다. 몇몇 사람은 이 사람 저 사람에게 열심히 물어가며 대상자 명단을 알아보려고 노력도 했지만 헛수고였다. 정말 아무도 몰랐으니까.

　　뭔 놈의 회사가 이렇게까지 역동적일까. 하루도 마음 편하게 있을 날이 없네. 하면서 늘 그래왔듯 기약 없는 기획서를 올리고 까이고 하는 일을 반복하며 지냈다. 슬쩍 보니 흉흉한 소문과 더불어 옆 본부는 할 일이 없어졌는지 다들 노는 모습이 여럿 보이기 시작했다. 동기 B양이 메신저로 슬쩍 나를 불러내었다.

　　―오빠 본부에는 일이 많나 봐? 우린 그냥 놀아.

　　B양의 말에 의하면 몇 주 전부터 일이 아예 들어오지 않아서 다들 손

을 놓고 있다고 했다. 이럴 거면 왜 회사가 있는지, 돈은 대체 어디서 벌려서 월급이 나오는지 모르겠지만 그래도 출근은 해야 하고, 출근해도 할 게 없으니 식원들*끼리* 수*다라*도 떨고 있다며.

　—오빠는 살아남겠지? 우리 본부는 다들 불안해서 뭐 이리저리 이직
　　처 알아보고 있나 봐.

　전형적으로 망해가는 회사 풍경이었다. 나는 잘리면 옥수수 농사나 지어야겠다고 지금부터 주소들을 받아서 옥수수를 보내줄 수 있게 농사를 시작하겠다고 웃으면서 말했다. 반은 진심이었다. 차라리 옥수수 농사라도 짓는 게 마음 편하지 내가 무슨 부귀영화를 누리겠다고 4차 산업 혁명이고 나발이고 이딴 곳에 들어와서 고통을 받고 있는지. 아, 옥수수 농사도 어렵다는 건 퇴사하고 한참 후에 알게 되었다. 그거 엄청나게 빨리 자라는데 수확시기 놓치면 먹지도 못하더라.

　피바람의 징조가 보였던 건 그 이후로 얼마 안 가서였다. 새로운 소문이 돌기 시작했다. 옆 본부가 통째로 날아갈 거라는 소문. 나는 선임이라는 타이틀을 달고 있었지만 수습기간 끝난 지 얼마 안 되는 말단이었고 그런 주요 정보가 들어올 리 없는 위치였다. 하지만 내 자리는 회의실 근처였고 나는 귀도 꽤 밝고 눈치도 빠른 편이었기 때문에 주워들은 단어들과 회의에 참여하는 사람들을 슬쩍슬쩍 보며 정보를 수집하기 시

직했다.

그렇게 알아낸, 사실 알아냈다고 하기에도 민망할 정도로 잘 들리기는 했는데, 아무튼 진상은 이러하다. 옆 본부 본부장이 인맥으로 꽂아 넣은 팀장 빌런들과 매니저들이 2/3 가까이 구조조정의 대상자가 되었다. 내가 봐도 팀장 빌런들은 다 잘리는 게 맞는 것 같아 보였다. 그런데 그 본부장 양반의 행태가 가관이다. 이렇게 될 바엔 차라리 자기도 그만 두고 본부를 다 날려 버리겠다고 했다고 한다. 사실 노골적으로 본부장 끼리 정치싸움 하겠다는 거였고 칼자루도 없는 무능한 인간의 협박인데 뭘 믿고 그렇게 당당했던 건지.

역시 그딴 협박은 씨알도 안 먹혔다. 고블린은 아랑곳하지 않고 구조 조정을 실시한다고 밝혔고, 옆 본부 본부장은 자기가 내세운 자폭 카드를 거두지 않았다. 이 회사에 있는 놈들은 딱 그거 같다. 우리가 뭐가 없지 가오가 없냐. 이거. 자존심만 가득한 허세 덩어리들 같으니라고. 대상자를 선별할 필요가 없어졌다. 뭐 본부 인원을 감축할 거면 스스로 다 내보내겠다는데 알아서 잘 줄여 주는 거지 뭐. 문제는 그 인원이 우리 회사의 절반이 넘는 인원이었다는 것 정도?

더 큰 문제는 해고일이 다되어 가는데 사람들에게 통보를 안 하고 있었다는 것. 해당 사실을 고블린 본부장 새끼가 통보하고 자폭카드를 확인한 후에도 한 달이 지나도록 회사에서는 아무 공지가 없었다. 대표도 난감하겠지. 둘 다 자기 인맥이니. 본부상은 오히려 본부 사람들을 모아놓고 자기가 이번 구조조정에 대해 '위'와 싸우고 있으니 자기를 믿으라고 말했다고 한다. 그걸 또 믿은 본부 사람들은 하나같이 '위'를 욕했다. '위'에서 내려온, '위'가 시킨. 근데 대체 위가 어딘데?

B양이 뭔가 격한 목소리로 윗사람들 욕을 하면서 그래도 자기네 이사는 믿을 만한 것 같다고 말했다. 듣고 있다가 어이가 없어서 말을 꺼냈다. 심지어 실업급여도 자기가 준다고 했다고 걱정 말라고. 아니 실업급여를 자기가 뭔데 준다만다야. 아무것도 모르는 사회초년생들 데리고 그게 뭐하는 짓이야. 그냥 봐도 선동인데 결과는 정해져 있는데 이게 뭐가 의미가 있나. 해고가 결정되었으면 남은 시간 희망 주지 말고 빨리 이직처라도 알아볼 수 있게 배려해 줘야지. 이 선동에 대체 투사라도 된 듯한 본인의 자존감의 고양 말고는 뭐가 남나. 애꿎은 직원들 시간만 낭비하는 거지.

—지금 너네 본부장이 거짓말하고 있는 것 같은데 믿지 마. 숨기고 말 안 해주는 거야. 명단 이미 다 나왔어.

나는 너무 안타까워서 내가 알고 있는 걸 자세히 말해 줬고 B양은 기대대로 빠르게 직원들에게 말하고 다녔다. 분위기는 당연히 개판이 되었다. 사실을 어느 정도 알게 된 팀장 빌런들은 모여서 태세를 바꾸어 본부장 욕을 하기 시작했고 그 수위는 점점 높아졌다. 매니저급 직원들은 항의하듯 그나마 있던 업무에서조차 일체 손을 놓았고, 싸우겠다던 본부장은 눈치 보며 그중에서 그나마 아직 사태 파악이 잘 안 되거나 마음이 모질지 못한 직원들에게 자기가 차린 다른 회사 업무를 대놓고 시키기 시작했다. 그럼에도 끝까지 구조조정에 대한 언급은 공지하지 않았고 '위'에서 뭐라 말하든 자기가 막고 있다고만 말했다고 했다.

결국 시간이 흐르면 숨길 수 없을 텐데. 나는 이 상황이 어떻게 진행될까 지켜보았다. 다음 주에는 말해 줄게, 다음 주에는 말해 줄게 하고 구조조정의 결과 공지를 차일피일 미루던 본부장은 결국 최초에 고블린이 통보한 해고 날을 1주일 정도 남기고서야 본부 인원 전부를 회의실로 불렀다. 올게 왔구나 생각했다. 최초로 구조조정 기획안이 공유된 지 3달 정도 지난 뒤였다.

후에 듣기로는 그 자리에서조차 본부장이 '위'와 격하게 싸웠고 막아보려 했으나 잘 되지 않았고 결국 본부 전체를 없애기로 결정되었다고 거짓말을 했다 한다. 정작 조정을 맡은 건 네 옆의 고블린 새끼인데 대체 누구랑 싸웠고 무슨 커버를 쳤는지 이해도 안 되고, 솔직히 안 잘려도 되는 애꿎은 인원은 왜 자르는 건지. 거참 신기한 새끼네, 하면서 보고 있다가 문득 생각이 들었다. 어? 난 어떻게 되는 거지? 애초에 잘리든 말든 관심도 없던 터라 궁금하지도 않았다. 그냥 그 옆 본부가 날아가는 소식을 들었던 당일 고블린 본부장이 회의실로 불렀다.

—진지하게 해 볼까요, 재밌게 해 볼까요?
—본부장님 편한 대로 하세요.
—혹시 대상자일까 봐 걱정했어요?

아뇨, 저는 뭐 잘리면 옥수수 농사나 지으면 되니까요. 시답잖은 농담 몇 마디 서로 무표정으로 주고받다가 걱정했냐는 물음에 아니라고 말을 마치기도 전에 어깨를 거만하게 펴며 허세 가득한 자세와 표정으로 말했다.

—아아 뭘 그리 걱정해애~ 너희 팀은 걱정 말라했잖아~ 그 정도도
   눈치 못 챘어?

멘트를 집에서 연습해온 게 분명하다. 이렇게까지 자동으로 튀어나올 정도면 몇 번 연습하고 왔겠어. 그런데… 나는 진짜 하나도 걱정 안 했다니까… 그리고 네놈이 하는 말은 어디까지가 농담이고 어디까지가 진담인지 전혀 모르겠던데. 우리 본부에서 고블린은 자기에 대해 안 좋은 소문을 퍼트리던 본인 본부 경영지원 한 명을 자르는 걸로 마무리 지었다. 사실상 옆 본부 전체가 사라지는 것이 확정이었기에 한 명을 자르는

걸로 본인 본부의 출혈을 막고 명분도 살리고 본인의 정치적인 이득도
챙기는 게 가능했다.

결국 이번 구조조정은 이 회사에 유일하게 통으로 남아 버린 본부로
실권을 장악해 버린 이 피바람의 최종 승리자, 고블린 본부장의 작품이
었다는 걸 나중에 알게 되었다.

본격적인 고블린 본부장의 단독 집권 시대가 열리게 되었다.

이 인간을 만나 보자_5
광고마스터 광스터 본부장

피바람이 분 이후 시스템 상에서 고블린 다음으로 큰 이득을 본 이가 한 명 있었다. 바로 광고마스터, 광스터였다. 이 사람은 팀장 직함을 달고 있었는데 팀원 없이 혼자 그냥 출근하면 놀고먹는 게 전부였던 인간인데 어쩌다 본부 하나가 사라져 버리는 바람에 이 인간이 새로운 본부를 만들어서 본부장을 해 먹게 되었다.

광고마스터라고 이름 붙인 이유는 약간 애잔한 면이 있는데, 뭐 이 인간이 광고를 잘해서가 아니라 정말 이 정도로 삶에서 이룬 것이 없다면 정말 모든 것을 희생해서 광고마스터가 되었음이 분명할 것이라는 합리적인 추론에 의해 탄생한 별명이다. 어쩌면 이런 인간이 다 있을까. 지금부터 이 인간의 특징을 설명해 보려고 한다.

선택적 호로새끼

일단 호사분면에 의해 이 인간은 정확하게 호로새끼이다. 일은 드럽게 못하는데 성질은 아주 지랄 맞다. 일을 못하는 정도의 수준이 어느 정도냐 하면, 우선 한글을 활용한 기초적인 커뮤니케이션이 되지 않는다. 말이 세 번 오가기 전에 논리가 무너지는 인간을 처음 봤다. 그래서 점을 찔러 주면 반응이 둘 중 하나다. 자기보다 아래라고 생각하면 소리를 지르고 자기보다 세다고 생각하면 꼬리를 내린다. 그야말로 선택적 호로새끼이다.

말은 그렇다 치고 글도 개판이다. 일단 외않된데? 정도는 기본이고 말 끝마다 끝에 ㅇ받침을 붙여서 "그러면 않돼종~" 이라든가 "당췌 이유를 모르겠네용~" 이라든가. 이런 미친 나이 마흔 님게 믹은, 배가 님산만 한 아저씨가 이런 모양새를 하고 있으니 메신저에 뭐가 올 때마다 숨이 막혀 압사당하는 느낌이었다.

한번은 이런 적이 있었다. 하늘다람쥐 팀장이 같은 내용의 업무 진행 사항 보고를 하루에 거의 서너 번은 한 적이 있었다. 나는 이해가 안 돼서 물어보니 광스터가 계속 화를 내며 왜 업무보고를 이런 식으로 하냐고 쪼아대서 그렇다고 했다. 그러다 결국 퇴근 시간 거의 다 되어갈 때쯤, 노발대발하면서 왜 알아듣게 설명하지 못하냐면서 아주 그냥 생난리를 쳤던 일이다.

분명히 여러 번, 그것도 할 때마다 최대한 간추려서 보고했는데 왜 그러시냐며 항변했지만 광스터는 하늘다람쥐 팀장에겐 절대적 호로새끼 모드였다. 알아듣게 똑바로 설명 못하냐며 소리를 지르는 통에 팀장은 그냥 어이없어진 채로 자리로 돌아왔고 나는 보고내용을 훑어보다가 넌지시 팀장에게 말을 붙였다.

—이건 제가 정말 다양한 경우의 수를 생각해 보고 말씀드리는 건데요. 혹시 저 인간 有, 無를 못 읽는 것 아닐까요?

하늘다람쥐 팀장의 표정에서 유레카가 읽혔다. 정말 저것 말고는 설명이 안 되는 게, 최종적으로 간추린 보고는 그냥 8가지 항목에서 있는 것과 없는 것의 여부만 표기된 단순한 표 한 장이었기 때문에 못 알아들었다는 말 자체가 말이 안 되는 사실이었다.

설마 나이를 마흔 넘게 먹었는데 그건 좀 너무한 거 아니냐는 말이 잠깐 나왔지만 평소 광스터의 작태로 미루어보아 충분한 합리적 의심이 되었다. 뭐 썸네일을 Sumnail이라고 쓰거나 Tone & manner 뜻을 몰라서 복잡한 말 좀 쓰지 말라고 지랄하거나 했던 걸 보면 말이다. 이런 거 말하기 시작하면 끝도 없다.

커뮤니케이션 말고 일처리는? 일단 일 하는 걸 정말 단 한순간도 못 봤다. 무슨 기획회의 도중에 뭔가가 막혔었는데 자기가 다 해결해 주겠다며 호기롭게 회의를 마무리 지었던 적이 있었다. 그 이후 다가오는 데드라인에 불안해진 우리 팀이 열심히 채근했지만, 전부 무시하며 1주일을 미루고 미뤘다. 이 정도는 순식간이라며. 그렇게 거들먹거리며 완성본이라는 기획서를 보냈는데, 목차로도 써먹지 못할 총체적 난국의 문구들과 시대를 수십 년 정도 퇴보시킨 디자인의 PPT가 왔다. 그것도 무려 1장. 보내 놓고 "다 해결됐지?" 하며 온갖 쿨한 척 다하는 꼬락서니도 일이라고 친다면 글쎄. 그래도 내가 모르는 광고 능력이 있을 게 분명하다.

고블린 워너비

선택적 호로새끼의 극치를 보여주는 부분인데, 자기보다 세다고 판단한 사람이 있다면 이 멍청한 광스터는 거의 개인 수행비서급으로 빌빌거리며 붙는 습성이 있었다. 이 회사에서는 어떻게 보면 권력의 정점에 있던 고블린에게 붙는 것이 자연스러운 행보였는데 여기서 문제가 발생한다. 광스터는 고블린의 온갖 허세스러움과 센 척을 자꾸 흉내 내려고 했다. 고블린은 아무리 인성이 바닥을 쳤어도 능력만큼은 인정할만 한 수준이어서 그럭저럭 견뎌냈는데 이 미친 광스터는 아무 능력도 없으면서 허세만 가득하니 돌아버릴 지경이었다. 예를 들면 이러하다.

기획서 진행 방향이 막혀 있을 때, 광스터는 거만하게 의자에 누워서 "내가 한 방에 해결해 줄게"라며 거들먹거리는 게 일상이었다. 그래 이 거들먹거리는 것까지는 어떻게 보고 배웠나 보다. 문제는 해결하는 방법은 못 배운 거지. 젠장. 아무것도 해결해 주지 못했다. 그러곤 자꾸 무슨 지가 해결을 해주고 정리를 해준다고 했다. 그게 오히려 방해가 되어서 일을 못 하게 손발이 묶인 적이 하루 이틀이 아니다. 아니 제발 방해나 하지 말고 자기 삶이나 좀 해결하고 정리하라지.

그 허세 가득한 액션과 말투는 날이 갈수록 혐오의 수준을 아득히 넘어섰다. 나중엔 그냥 대놓고 면전에서 비웃었는데 비웃는지도 모르더라. 나중에 고블린 본부장이 회사를 도망 나가고 사라졌을 때 광스터가 어미 잃은 강아지마냥 낑낑 거리며 돌아다니는 꼴이 아주 볼만했었다. 이제 더 이상 따라할 사람이 없으니 주체적으로 행동을 못 했던 거지.

이 밖에 그가 삶에서 포기한 것들

일단 운전을 못한다. 주차를 정말 더럽게 못한다. 세상에 그런 놈이 차는 외제차라고 자랑질을 해댄다.

친구가 없다. 언젠가 정말 궁금해서 SNS를 찾아봤는데 정말 짠하더라. 친구들이 자기 생일을 축하해 주었다는 글 하나가 있었는데 정작 선물 사진은 없고 링크 두 개가 있었다. 들어가 보니 쇼핑몰 판매 사진 캡처 이미지만 뜨더라. 물론 그 누구도 태그 되어 있지 않았으며 그 누구도 댓글이나 좋아요를 눌러 주지 않았다. 어쩌면 그는 선물을 받는 꿈을 꾼 것 아닐까.

공감능력이 현저히 떨어진다. 이 미친놈은 월급이 몇 달씩 안 나올 때지 신발 사는 거 직원들한테 자랑하고, 어디 놀러 가서 비싼 밥 먹은 거 자랑하고 그러더라.

비뚤어진 성욕의 소유자이다. 성희롱이 정말 입에 담기도 힘들게 심했는데, 과거에는 더 심했다는 이야기를 듣고 정말 경악을 금치 못했던 적이 있었다. 한 번은 자리 비운 부하 여직원의 컴퓨터에 켜져 있던 개인 메신저로 친구 목록 프로필 사진을 쭉 훑어보며 예쁜 사람들을 골라 자기 직장 상사 소개받아 보지 않겠냐며 메시지를 보냈다고 했다.

여담이지만 아무리 봐도 모쏠이다.

이런 점을 미루어보아, 내가 아직 확인은 못했지만 그는 분명 광고를 마스터한 자가 분명하다. 이 정도로 개인의 삶을 포기하고 희생했는데 광고가 마스터급이 아니라면 정말 슬플 테니까. 분명 칸에서 황금사자 상이라도 받았을 거야. 분명.

일이 없으나 일을 해야 한다
나는 무슨 죄를 지어서 이 지옥에 빠지게 되었는가

    피바람이 지나간 이후 회사는 표면적으로 평화를 맞이하게 되었다. 광스터는 본부장 자리에 오르더니 무슨 생각인지 자기 본부 직원을 마구 뽑아대기 시작했고, 사무실에서는 사람인 이력서를 보고 면접 제안을 주겠다는 전화 소리가 연일 들려왔다. 이와는 반대로 나는 갑자기 할일이 없어졌다. 이게 좋은 일이라고 해야 할지 모르겠지만, 실권을 잡은 고블린 본부장이 그동안 해오던 말도 안 되는 일들을 전부 쳐냈기 때문이었다.

    이렇게 놀아도 되나? 싶을 정도로 일이 없는 와중에 하늘다람쥐 팀장은 여전히 별의별 일을 다 맡아서 하느라 혼자 바빴다. 본인이 진행하던 것들이라 이건 쳐낼 수가 없었다. 일 좀 달라고 해보려다가도 일하는 속도나 분량을 보면 엄두가 나지 않아 그냥 어깨 너머로 보며 눈치껏 도울 일 있으면 조금씩 도와주는 게 전부였다. 그렇게 빈둥대던 어느 날, 팀장은 나와 빛 매니저를 불러 조용히 이야기했다.

―이제 우리 팀도 수익을 내야 해요.

피바람이 가능했던 가장 큰 명분은 수익이었다. 블록체인 사업이라는 큰 명분으로 시작했던 이 그룹은 초기 투자자들로 인해 넉넉한 자금으로 운영이 가능했지만, 그 많은 돈을 가지고 한다는 게 그룹 의장과 친분 있는 대표이사들, 그들과 친한 이사들, 그들과 친한 팀장들이 능력과 상관없는 개인적인 친분 사슬에 말도 안 되는 높은 연봉으로 줄줄이 꽂아 놓은 회사놀이였기에, 사실상 수익을 낼만 한 능력이 없었다. 그룹은 수익이 안 나오는 이유를 잉여 인력의 존재라 판단했고 필요 없는 인원을 조정해서 자르자는 게 명분이었다. 그런데 문제는 밑에 직원만 죄다 날려 버리고, 진짜 잉여 인력이었던 그놈의 친분사슬은 굳건히 남아 있으니, 여전히 수익은 없는데다가 쥐꼬리만큼이라도 벌던 수익모델도 다 날아가 버린 거지. 상황이 더욱 악화된 거다.

게다가 능력이 좀 있다 싶었던 사람들은 조정 대상이 아니었다 하더라도 제 발로 퇴사했고, 빈 자리에 다시 인맥으로 채우는 악순환이 시작되고 있었다. 그러니 시간이 지날수록 쌓아둔 투자금은 축나기만 하고 개미지옥 같은 구조가 탄탄하게 완성되어가고 있었다. 게다가 서로 친하다 보니 싫은 소리도 못하고 뭘 어찌할 수 없었고 인맥 없는 사람들, 그러니까 우리 팀 같은 팀을 슬슬 압박하기 시작했던 거였다.

─수익모델을 우리가 짜야 해요.

하늘다람쥐 팀장의 말을 요약하자면 핵심은 두 가지였다. 우리 회사
만의 세일즈 포인트를 찾아서 수익모델을 만들고 회사의 정체성을 규정
해라. 나는 이 두 가지를 왜 임원진이 구상하지 않고 여기까지 내려온
건지 납득하기가 어려웠다. 물론 회사가 힘들면 모두가 이 고민을 해야
하는 게 맞겠지만 회사의 정체성을 규정하고 사업 기획과 검증, 실무까
지 다할 거면 우리가 군이 한 회사의 본부, 팀으로 일할 이유가 있나?
이 정도로 일을 할 거면 그냥 우리 팀이 회사를 차렸겠지.

하늘다람쥐 팀장은 이 상황에 윗분들이 이해는 된다면서 뭐 나름 혼자
고민한 여러 가지 방향성을 제시했다. 블록체인 마케팅 대행이나 일반
적인 광고 대행, 마케팅 패키지 등을 제시하면서 B2B 시장 수요와 영업
방식 같은 걸 조사해 보고 우리 회사의 정체성을 살려 보자며. 그런데
이게… 작은 일이 아닌데 일할 사람이 우리 팀이 다라고?

셋이서 뭘 하냐. 아니 뭔들 할 수야 있겠지. 근데 셋 다 블록체인 초보
자들인데 무슨 마케팅에 전문성을 가지고 있다고 어필하고 강점을 잡아
야 하나. 그날부터 블록체인과 그 시장에 대한 공부와 기획서 작업을 병
행해야 했다. 하면 할수록 이건 사람이 할 만한 게 못 되는구나, 대다수
의 암호화폐는 정말 사기에 가깝고 인맥 장사에 불과하구나, 하는 내용

밖에 없었지만, 어쨌든 나는 회사의 일원이었고 시키는 일은 불합리하다 생각이 들어도 해야 했다. 그래도 어찌 저찌 기획서라고 부를만한 뭔가들을 만들어갔다. 그러나 고블린은 기획서가 올라올 때마다 하늘다람쥐 팀장과 우리를 쥐 잡듯이 잡았다.

―이게 너희가 생각하는 전문성이야? 너네 이거 잘해?

아니 우리 잘하는 거 없는데요? 지금 공부하고 있는 거 뻔히 알면서 무슨 우리만의 강점을 자꾸 찾아오라고 그러냐. 가뜩이나 그나마 수익 나오고 다른 데랑 차별점이라고 할 만했던 바이럴 마케팅 본부는 네 손으로 통째로 날려 버렸잖아. 광스터는 무슨 영업을 하고 있는지 모르겠지만 아무튼 전화로 열심히 영업하는 사람들만 주야장천 뽑고 있는 게 현실인데 여기서 내가 무슨 강점을 어떻게 찾아서 어디다 어필하라고 그러냐. 그러지 말고 네가 좀 말해 주라. 이걸 강점으로 삼을 거니까 이렇게 공부해라든가. 하다못해 뼈대라도 좀 잡아 주라.

십수 번을 까이면서도 하늘다람쥐 팀장은 제발 도와달라고 고블린 본부장에게 요청했고 그때마다 매우 거만하고 거만하게 그건 우리들의 일이라며 이 정도 일을 자기한테 부탁하는 건 말도 안 되는 일이라며 말을 잘랐다. 더 배우고 치열하게 공부해 보라고 무슨 알을 깨는 과정이라고. 언제는 회사가 학원이냐며 뭘 배우려고 앉았냐는 둥 지랄하고 혼냈던 건 기억이 안 나 보다. 내 생각엔 그냥 지 술 먹으러 다니는데 우리가 조르니까 귀찮았던 거 조금과 어떻게든 허세 부리고 싶은 마음 대부분이었던 것 같은데.

무슨 늪에 빠진 기분이었다. 일을 해도 하는 것 같지가 않았다. 물론 기분 탓이 아니라 정말 일을 해도 하는 게 아니었다. 며칠을 고민해서 기획서를 쓰면 쓰레기통으로 들어가는 건 순식간이었고, 나중엔 귀찮다며 아예 아이데이션 단계에서 종이에 낙서하다시피 하던 메모 뭉치로라도 보고하라고 했으나 먼지가 되어 버리는 건 매한가지였다.

—그냥 제 발로 나가라고 말을 돌려서 하고 있는 거 아닐까요?

충분히 설득력 있는 의심이었다. 그냥 마음에서 모두 내려놓고 차라리 이럴 거면 옆 본부 가서 우리도 콜 영업이나 하는 게 나을 수도 있다며 웅성거리던 어느 날이었다. 사실 뭘 영업하는지도, 영업해서 뭘 파는지도 몰랐지만 아무튼. 그러던 어느 날, 고블린이 드디어 일을 물어왔다. PT에서 뺨만 안 치면 따올 수 있는 건이라며 억대 예산의 IMC RFP(Integrated marketing Communication: 통합 마케팅 커뮤니케이션, RFP: Request For Proposal: 제안요청서) 하나를 들고 왔다. 우리는 드디어 일다운 일이 들어왔다며 내심 기뻤다. 드디어! 이 새끼가 그냥 술만 처먹고 놀기만 하는 놈은 아니었구나! 하면서.

그 RFP는 이 회사에 파멸을 불러올 결정적인 단추였다.

웰컴 투 광고 대행사
이 새끼는 정말 미친놈이구나

고블린이 받아온 RFP는 꽤 규모 있는 국내 기업의 건이었다. 그리고 이 RFP는 내가 이 회사의 기획팀에 들어와서 처음 준비하는 PT가 되었다. 세 명이서 이걸 준비한다는 게 내심 뭔가 불안하긴 했는데 고블린은 연신 싱글벙글 웃으며 어차피 하기로 한 거라고 안심하라고만 했다. 다만, 보여주기 식이라도 제대로 해야 하니까 잘 만들어 보라며.

요지는 이렇다. 그 기업의 브랜딩 전반을 맡고 있는 대행사가 있었다. 이 대행사의 대표와 고블린 본부장이 어떻게든 친해진 것 같았다. 그러면서 이번에 그 기업에서 온라인 마케팅업체와의 계약이 끝나가고 있어서 새 업체를 찾기 위해 PT를 진행한다고 했다. 이 과정에서 자기네 회사 명함을 파고 PT에 참여하라고 했는데, 그러니까 자기네 회사 이름으로 참여해서 쉽게 계약도 따고 수익 좀 내라는 거였다. 중간에 어떤 거래가 있었는지는 모르겠지만 아무튼 돈 준다는데 마다할 이유가 있나. 아 물론 기업에는 비밀이었고.

그러니까 비밀리에 대대행을 맡게 되었다는 건데 약간 갸웃하기는 했지만, 뭐 어쨌든 기획서 작업은 의외로 순조로웠다. 정말 이렇게 순탄해도 되나 싶을 정도로 무난하게 흘러갔다. 물론 하늘다람쥐 팀장의 엄청난 불안과 야근이 동반되었었지만, 고블린이나 기타 다른 누군가에게 한 번도 까이지 않고 정말 무난하게 흘러갔다. 뭐 대행사 대표가 기획서를 보더니 아주 흡족해 했다고 하는데 그런 기획서를 깔 명분이 없었던 모양이지.

솔직히 나는 전체적으로는 마음에 안 드는 기획서였지만, 결재 라인이 전부 오케이 한 걸 내 고집으로 뜯어 고치겠다고 나서기엔 너무 막내였고—막내라고 써놓고 보니 되게 웃기네, 선임인데—이 회사에 애정도 없었거니와 굳이 아무도 욕하거나 고성을 지르지 않는 이 평화를 해치고 싶지 않은 마음이 컸다. 그때부터 그 이전까지 가지고 있던 불안함의 덩어리가 슬슬 문장이 되기 시작했다. 내가 여기 아무리 있어 봐야 더 이상의 성장과 배움은 없겠구나, 하는.

하늘다람쥐 팀장은 매번 야근할 때마다 이걸로 안 된다며 자기가 여태 봐왔던 기획서 중 최악이라는 말을 입에 달고 있었다. 나는 임원들이 다 오케이하고 대행사 사장도 괜찮다는데 왜 그러시냐, 조금 마음 놓으시라고 말했지만 언제든 고블린 본부장이 소리 지르며 지랄할지 모른다는 불안과 압박을 쉽게 지우지 못하는 것 같았다. 그러나 불안은 막연했고 구체적으로 무엇이 잘못되었는지 말하지 못했다. 어디가 그렇게 잘못되었고 문제냐고 물으면 다른 말은 못 하고 그저 왜 이렇게 불안하지? 하는 말만 되풀이할 뿐이었다.

막연한 불안은 나와 빛 매니저에게 상당한 스트레스로 돌아왔다. 하늘다람쥐 팀장은 기획서를 수십 수백 번씩 돌려보며 의미 없을 것 같은 미세한 수정을 했다가 돌아왔다가 다시 했다가 하는 짓을 계속해서 반복했다. 이는 필연적으로 야근을 불러왔다. 새벽을 넘어서 아침에 집에 잠깐 들렀다 씻고 다시 출근하는 수준이었다. 힘들어서 죽으려고 하니 팀장은 원래 RFP 받으면 밤새는 거라며 힘없이 웃었다.

맞는 말이긴 한데 그 야근이 이렇게까지 무의미한 시간이 아닐 텐데. 뭔가 일을 하면 기획서도 발전을 해야 하는 게 아닐까. 모니터를 보며 아, 이건 아닌데, 하는 말만 반복하며 썼다 지웠다 잘라냈다 붙여 넣었다 하는 짓을 하루 종일 반복하는 건, 일이라고 하기에는 조금 멀리 있는 게 아닐까. 그렇게 목적과 방향 없는 새벽 퇴근이 반복되었다. 뭐 완벽하게 마음에 들게 어떻게 일을 하나. 까놓고 말해서 실무도 세 명밖에 없는데.

이쯤 되어 지친 마음으로 돌아보니 뭔가 크게 잘못 돌아가고 있다는 걸 깨달았다.

말단 직원은 잘못이 보여도 아무도 말하지 않으면 침묵하게 되었고, 중간 관리자는 지나치게 몰아붙여진 탓에 좁아진 시야와 막연한 불안감으로 이끌지도, 이끌려 가지도 않고 제 앞의 모니터에 코를 박고 있다. 임원은 기분 따라 지랄과 방관 사이를 왔다 갔다 하고 있었고, 사장은 뭐하나.

다행인 건 체력이 나쁘지 않았다. 다행이라고 해야 되나 이걸? 나는 이미 이전에 정신 나간 사장 아저씨를 매일 새벽까지 괜찮을 거라고 잘 될 거라고 고민상담 들어주다 퇴근했으니까. 뭐… 집에 늦게 들어가는 건 익숙했다 나름. 게다가 그때에 비하면 이건 컴퓨터 앞에라도 앉아 있으니까 다행이지. 그래도 팀장이 왜 이러는지 이해하니 좀 덜어주고 싶었던 것 같다. 밤새 앉아 고민하는 부분들을 물어보고 생각을 말해 주고 수정했다. 그렇게 새벽 퇴근을 하며 마무리 디자인까지 어느 정도 잡아 놓고 나니 팀장의 얼굴에 안정감이 찾아오는 듯싶었다. 하지만 고블린 본부장이 하늘다람쥐 팀장에게 PT를 시키면서 상황이 급격하게 악화되었다. 불안은 이전과 비교도 안 될 만큼 커졌으며, 기획서는 더욱 좁고 무의미한 수정의 늪에 빠지기 시작했다.

—야, 걱정하지마. PT 하다가 뺨을 때리지 않는 이상 안 져.

고블린은 엄청나게 확신했다. 그도 그렇게 기업 내부 정보를 전부 공유받고 있기 때문에 누가 보더라도 사실상 내정이었다. 시장 조사, 기업 조사 같은 건 이미 훌륭하게 다 되어 있었고, 내부적으로 정해져 있었지만 아직 공개하지 않은 컨셉도 이미 알고 있었다. 최대한 비슷하게, 가려운 곳을 긁어주는 느낌내기로 충분했다. 우리가 새로 만들 일은 그저 아이디어와 실행 방안의 짜임새 정도였다. 그러나 팀장의 불안은 갈수록 커져만 갔고 결국 제출 하루 전날, 회사에서 잠을 자게 되었다.

고블린 본부장은 아침에 출근하며 의자에서 자다 일어나는 우리 팀을 보며 웃었다. 그러더니 엄청나게 느끼한 포즈와 표정으로 "웰컴 투 광고 대행사"라고 했다. 속사정도, 생각도 모르고 이놈은 그냥 미친놈이구나 생각했다. 고블린은 잠도 덜 깬 얼굴로 PT 연습하고 있는 하늘다람쥐를 보며 자신 있냐고, 그렇게 해서 되겠냐고 비웃듯이 깐죽거리며 물어봤는데, 그냥 어린 부하직원 놀리는 모습으로밖에 안 보였다. 결국 제발 PT 좀 해달라는 팀장의 간곡한 요청에 또 허세 잔뜩 들어가서 "아~ 뺨만 안 때리면 따온다니까~" 하면서 무시했다. 결국 고블린이 PT했다고는 하는데….

뭐 아무튼 그렇게 마무리되나 싶었다.
아! 물론 PT는 졌다.

병신.

나는 회사를 고소하기로 했다

떨어진 PT와 강제연차
신박한 방법으로 생색내기

위풍당당하게 따오겠다며 PT 떠난 고블린과 하늘다람쥐 팀장이 돌아왔다. 우리는 팀장에게 슬며시 물어보았다.

—PT는 어땠나요?

하늘다람쥐 팀장은 뭔가 슬픈 미소를 지어 보이더니 입을 열었다.

—가는 내내 PT 잘하는 방법에 대해서 설명해 주더라고요. 자기가 하
  는 거 잘 보고 배우라고.

가는 길이 한 시간이 넘었다고 한다. 그 시간동안 계속 어떻게 하면 PT를 잘할 수 있는지에 대해 설명했다고 한다. 하늘다람쥐 팀장도 뭔가 대단한 걸 보고 배울 수 있을까 싶은 기대도 조금 있었다고 한다. 그도 그렇게 고블린 이 새끼는 누가 어느 자리에서 단상에 오르거나 말을 할 때 너무 병신 같이 말을 못한다며, 스피치에 대한 자부심 따위가 보이던

인간이었으므로 우리는 모두 그의 언변이 뛰어날 거라는 착각을 하고 있었던 것이었다.

―근데 망했어요. 클라이언트 쪽에 분위기가 좀 무거운 분이 계셨는데 그분이랑 눈 마주치는 순간 말을 버벅거리시더라고요. 해야 하는 말도 까먹고 다 날려 먹으시고.

허허허. 이 병신이 그러니까 뺨만 안 치면 따올 수 있는 PT를 망해서 돌아왔다는 이야기인데, 일단 나는 "그래도 뺨을 치진 않았죠?"하고 되물었고 그렇다는 말을 듣고 나서 "그럼 되겠죠 뭐. 자기가 한 말이 있는데."하고 허탈감을 털어냈다. 그때부터였던 것 같다. 고블린이 좀 우습게 느껴지기 시작했다. 가진 건 아주 쥐뿔도 없는 게 허세만 가득 차서 요란한 빈 수레 같은 느낌이 갑자기 들었다. 사실 이놈도 별거 없는 거 아닐까? 그러니 자기보다 뭔가 위치가 높은 사람한테 폴더폰처럼 숙여가며 인사하다가 뒤돌아서면 쌍시옷 소리 먼저 내고 깔보고 그러는 거지. 있는 허세, 없는 허세 다 부려가면서. 그게 자기 빈 속을 숨길 수 있는 문자 그대로의 허장성세 같은 거.

그때부터 이 인간이 지랄을 해도 화가 나거나 반성해야겠다는 생각이 아니라 웃음이 터져 나왔다. 이 병신 또 소리 지르네 풋, 하고. 이 상황에 대해 아무것도 듣지 못했을, 정확히 말하면 고블린 새끼의 실수만 숨

긴 희망찬 보고만을 들은 대표는 드디어 우리도 수익이 생길 거라는 희망에 찬 눈을 하고 있었다. 매번 신난 목소리로 진행 상황을 물어볼 때마다 고블린 본부장은 왜 소식이 없지? 하면서 뻔히 보이는 오버액션을 했다. 그건 나도 알겠다. 네가 망쳤으니까 연락이 없겠지.

최종적으로 PT에 졌다는 소식이 들려왔을 때 우리 팀은 올 것이 왔구나 하고 덤덤해 했다. 고블린은 결국 입을 다물었다. 기획서를 잘못 만든 것도 아니고 다들 너무 좋다고 한 마당에 결국 망친 원인은 자신의 PT밖에 없는데, 주둥이가 몇 개나 더 있다고 그 상황에서 누구에게 무슨 탓을 할 수 있겠는가. 그나마 이 일을 꽂아 주려고 했던 대행사 대표는 이번 기획서를 아주 좋게 봤다며 다음에 다른 일을 맡길 테니까 있어 보자고 말했다고 한다. 이 대행사 대표라는 인간 역시 분리수거가 애매할 것 같은 쓰레기 양반이었는데, 이 양반도 대단했다. 내가 이 인간 때문에 이 사건 이후 퇴사할 때까지 별 개 같은 일을 다 겪어 봤으니까.

이쯤 뭐 우리 회사 내부의 문제야 둘째 치고, 그룹의 막장 행보가 시작되고 있었다. 연말이라며 그럴듯한 홀을 하나 빌려 파티를 크게 열었다. 그 와중에 의장이 크게 쏜다면서 전체 휴무를 주겠다며 큰 선심을 쓰는 거라면서 박수와 호응을 요구했다. 다들 깜짝 놀라서 이게 무슨 소리인가, 어쩐 일로 선심을 다 쓰고 그러나 하고 좋아했는데 연차에서 소진된다는 공지가 다음날 올라왔다. 심지어 연차를 모두 쓴 직원은 다음

해 연차에서 자동 소진된다는 −1 연차. 이 −1 연차 전체 휴무는 2일이나 강제되었다.

파티 자리도 굉장히 짜증나고 불쾌했다. 계열사 중에 수익모델이 없는 우리 회사를 은연중에 무시하는 분위기였다. 일은 일대로 다 시켜 놓고 돈을 안 준 게 어느 놈들인데 이러면 안 되는 거 아닌가. 심지어 어떤 프로젝트는 우수한 성과를 거두었다며 인턴까지 불러서 포상을 줬는데 우리 팀이 밤낮 매달려서 참여했다가 결재가 안 떨어져서 돈 한 푼 못 받고, 외주 업체 관계 다 끊어 먹고 자동으로 우리 팀만 엎어진 그 프로젝트였다. 울화가 치밀어서 더는 못 보겠더라.

그래도 그 자리에서 달아날 수가 없었다. 의장 놈이 나가려는 사람들 보면서 지금 나가면 절대 안 된다고 지랄한 건 덤이고 한 명 한 명 체크해서 팀장들에게 보고하라며, 내일 자리 뺄 거라고 갑자기 진지한 얼굴로 말했다. 저거 농담으로라도 저딴 식으로 말하면 안 되는 거 아닌가 했는데 뒤풀이 장소가 더 대박이다. 무슨 7080 라이브 카페 같은 곳이었는데 공간이 아주 협소했다. 의자를 자리 사이사이에 끼워 모두 다닥다닥 붙어 앉아야만 하는 정도의 술집이었다. 이게 왜 거지같았냐면 팀장 이상은 인맥으로 꽂아져 있고 이들은 대부분 나이 지긋한 아저씨들이었다. 그리고 직원들 대부분은 나이 어린 여자 직원들이었다. 어쩌다 성비가 이렇게 되었는지는 모르겠지만. 그리고 계열사 중에 엔터 회사가 있었는데 키우고 있는 아이돌이라며 딱 봐도 어려 보이는 연습생들을 그 자리에 우르르 데리고 들어갔다. 쓰면서 떠오르는 기억 때문에 아직도 기분이 참 더럽다. 미친 새끼들. 욕이 자동으로 튀어나왔다.

누군가 술을 일찍 드셨는지 가게 입구까지 나와서 마이크를 붙잡고 차마 못 들어가고 있는 사람들의 옷 색깔을 말하면서 자기가 다 기억했다고 빨리 들어오라고, 빨리 안 들어오는 직원들은 붙잡아 오라고 소리를 질렀다. 마지못해 직원들이 나와서 어정쩡하게 서 있는 다른 직원들 팔을 붙잡아 끌었는데, 나는 이 광경을 가만히 보고 있다가 그냥 뒤돌아서 버렸다. 어제도 업무 때문에 새벽에 퇴근했는데 이딴 곳에 더 이상 머무르고 싶지가 않았다. 뒤에서 누가 부르는 것 같았는데 그냥 무시했다.

걸어가다가 멀찌감치에서 돌아본 술집 입구는 아수라장 같았다. 어두운 굴 같은 곳에 사람들이 서로 부대끼며 꿈실대는 꼴이 정말 징그러웠다. 그런 풍경은 제발 출퇴근 지하철로도 족하니까 좀 환경이라도 제대로 된 곳을 골랐으면 좋았을 걸. 아니 그래도 물론 싫었겠지만.

그게 그 병신 같은 회사에서 보내게 된 2018년의 막바지 모습이었다. 그리고 2019년 1월, 월급이 밀리기 시작했다.

5
이게 회사냐

임금체불
내 돈 어딨냐

월급이 밀리기 시작했다. 사실 이전부터 조짐은 있었다. 은행 정산이 안 되어서 입금이 조금 늦어진다는 핑계로 며칠씩 밀렸던 적이 몇 번 있었다. 사실 그때마다 속으로 웃었다. 어디서 돈 빌리려다 뭔가 꼬였나 보다 하고. 물론 내가 작은 회사를 운영했을 때의 좁은 경험에 비추어 생각해 본 거라 확실하지는 않겠지만 변명하는 사람이 허둥거리면서 뭔가 앞뒤가 맞지 않는 모습을 보았을 때는 확실하지 않았나 싶다.

길면 주말 끼고 3,4일 정도 늦고 그랬었다. 어떤 직원은 넘치는 패기로 사내 커뮤니티에 장문의 글을 써가며 지연되는 입금이 좋지 않은 조짐이라고 쓴소리를 신랄하게 남긴 적도 있었다. 아주 멋지다고 생각했지만 며칠 지나서 문득 조직도에 이름을 검색해 보니 없어져 있더라. 이전 회사들에서 이미 체불의 늪을 겪어 본 나는, 그리고 월급을 주기 위해 백방으로 뛰어다녀 본 경험이 있던 나는 그냥 덤덤하게 생각했다. 이 정도 규모로 회사를 벌려놨으면 자기들도 시스템을 유지하려고 노력은 할 거고, 무엇보다도 받아가는 연봉들이 얼마인데 우리 돈 몇 푼 떼어먹겠어. 하고.

크나큰 오산이었다.

변명부터 점점 달라졌다. 모회사가 뭔가 새로운 사업을 시작하기 위해서 각 계열사의 돈을 전부 가져갔으나 이 사업이 실패했다는 뚱딴지같지만 충격적인 이야기로 시작했다. 무슨 사업인지 알려주지도 않고 무작정 벌인 사업으로 열 개 넘는 계열사들이 한 달 만에 무너질 수 있다고? 말이 되는 소리를 해야지. 더 웃긴 건 모든 계열사의 법인 계좌의 입출금을 모회사가 전부 통제하고 있었고 거기서 돈을 빼간 거라 회사는 손을 쓸 수 없었다는 것이 대표의 변명이었다. 이럴 거면 뭐 하러 법인을 따로따로 만들어서 계열사라고 해놓은 거지? 아무튼 그래서 나는 신년부터 기약이 없는 체불 통지를 받게 되었다.

이게 사실 거대한 문제의 시작이었는데, 체불 초반에는 대부분 사태의 심각성을 실감하지 못한다. 어떻게든 되겠지 하는 생각으로 일단은 그러려니 한다. 변명도 꽤 그럴듯하고 우는 얼굴로 미안함을 잔뜩 표현하니까. 사실 이 시점에서 칼같이 쳐내 버려야 하는데 쉽지가 않다. 그러다 카드값 결제일이나 월세 지불일, 통신비 이체일 등이 다가오면 그제야 하나 둘 돈이 없다는 사실에 대해 실감하고 그제야 반응이 시작된다. 노동청에 진정 제기를 넣거나 아니면 자신의 직속 상사와 면담 요청이 잦아지거나, 어느 날 면접 복장으로 반차를 내거나 하는.

나는 이때까지만 해도 그러려니 했다. 솔직히 그전의 경력들이 너무 짧아서 최소한 다닐 수 있을 때까지만은 죽이 되든 밥이 되든 일단 다녀보자는 게 내 생각이었다. 물론 이게 진짜 '다닐 수 있을 때까지'가 되던 게 문제라면 문제였지만.

체불 상황이어도 일은 해야 한다. 그래야 회사가 돈을 벌고 나도 내 월급 가져갈 확률이 조금이라도 생길 테니까. 그런데 이 상황에 대체 무슨 일을 할 수 있을까? 돈도 안 주는 마당에 누가 누구한테 일을 시키고 혼을 낼까? 이게 정말 웃긴 상황인 건 맞는데 이 상황에 병신같이 직원들에게 지랄을 멈추지 않던 이들이 있었으니 광스터와 고블린 두 놈이었다.

그렇게 모두 패배감에 무기력한 일상을 보내던 어느 날, 고블린이 일을 가져왔다고 춤을 추며 지랄했다. 일전에 PT에서 졌던 그 대행사 대표가 무슨 새로운 사업을 한다며 우리에게 마케팅을 맡기고 싶다고 했다. 매출에서 일정 부분을 떼어가라며 대행이 아닌 협업의 방식으로 진행하자고 했다며, 이번 기회에 수익 한 번 크게 내서 그냥 계열사 딱지 떼고 독립하자고 했다.

여기서 굉장히 커다란 문제가 있었는데, 그가 전달한 제안 요청은 정확히 이 한 문장이었다.

―런칭 첫 분기 10억 매출이 가능한 마케팅 기획안을 가져오라.

이런 방법을 내가 알고 있으며 내가 널 위해 일을 안 하겠지 이 거지 같은 인간아.

밀샤사화
이날 나는 이 모든 거지같은 사실을
기록으로 남겨두기로 마음먹었다

10억.

뭐 만들라면 만들 수 있지. 엄밀하게 말하면 불가능한 매출은 아니다. 그런데 뭘 할 건지도 말이 없고 예산으로 잡아둔 마케팅 비용이 없으니 그저 저렴하게 만들 수 있는 방법을 찾아오라고 하면 이야기는 크게 달라지지. 이 도둑놈의 심보를 철저하게 가지고 있는 대행사 대표는 욕심만 머릿속에 가득한지 그냥 이 미션 툭 하나 던져 주었다.

—아니 그러니까 마케팅에 돈 안 쓰고 10억 버는 방법을 우리가 알면
 그냥 우리가 벌면 되는 거 아닌가요?

업무지시를 위해 팀을 모은 하늘다람쥐 팀장에게 물어보았다. 역시 같은 마음인지 고개를 저으며 그저 까라면 까야지 어떡하냐는 식의 답변과 한숨만 뱉을 뿐이었다. 이후로 우리 자리에서는 한숨과 탄식이 가득 울려 퍼지기 시작했다. 그러니까 어디에서 무엇을 어떻게 시작해야 하는지 아무것도 감이 잡히지 않았다. 우리도 우리가 뭘 팔아서 10억을

만들어야 하는지 몰랐으니까.

정말 우스운 상황이지만, 일단 뭘 파는지라도 제발 알려달라고 사정사정해서 물어봤다. 물어볼 때마다 뭘 파는지가 중요한 게 아니라 10억만 달성하면 되는 거라고 꺼지라고 했다. 그런 기획을 어떻게 만들어요. 너무 갑갑해서 간곡하게 물어보니 그제야 무슨 애견 수제간식을 팔 거라고 말해 주는데 딱 거기까지다. 그저 수제간식을 팔 거고 매출 10억짜리 기획서면 되니까 간단하게만 만들라고 한다. 아니 그러니까 글쎄 그게 그렇게 간단하게 쓸 수 있을 것 같으면 내가 이 회사에서 이런 취급받으면서 안 있는다니까 그러네.

당연히 야근, 그것도 무엇을 해야 할지 몰라서 아무 일도 안 하고 그저 헤매기만 하던 밤샘의 나날들이 계속되었다. 하루 4시간 정도 자면 많이 잔 날이었던 것 같다. 그냥 일반적인 기획서만이라도 꾸며 보자고 해서 꾸며 보았다. 그러나 뭘 가져다 붙여도 10억의 매출을 3달 안에 만들 수 있는 근거 자료와 매출 추이 그래프에 어떤 설득력도 갖출 수 없었고, 타임테이블 역시 어떻게 해도 만들지 못했다. 당연하게도 뭘 어떻게 팔아야 할지 모르니 세일즈 포인트도 타깃도 그 어떤 아무 정보도 없기 때문이었다.

이 판국에 고블린의 지랄이 시작되었다. 당연하게도 근거 없는 그래프를 대뜸 좋다고 할 리 없었다. 이 간단한 걸 왜 못하느냐며. 그러면서 그 대행사 대표와 광스터놈 셋이서 술이나 마시러 다니고 형님 동생 하면서 회사에 돌아오면 자기가 무슨 회사에 엄청난 공헌을 한 것 마냥 어깨에 힘을 주고 돌아다녔다. 우리는 월급도 안 나오는 마당에 대체 왜 이딴 취급을 받으며 일을 해야 하는지 도저히 이해가 가지 않았으나, 고블린의 지랄을 이겨낼 기운조차 가지고 있지 않았다.

어떻게든 기획서를 만들었고 결국 대행사 대표에게 기획서를 보고하러 갔으나 결과는 두말할 것 없이 대참사. 이게 잘 통과되면 그게 더 이상한 일 아닌가. 하늘다람쥐 팀장의 멘탈은 이제 나갈 대로 나갔고 고블린 놈의 체면도 살짝 구겨진 것 같았다. 대행사 대표는 정말 쌍놈 오브 쌍놈이었는데 광스터는 당연하게 하대했고 자신에게 형님 형님 하는 고블린도 은근히 뭉개면서 갑질이란 이런 것이다, 하는 정석을 보여주기 시작했다. 하긴 그렇게 극진히 모셔가며 귀빈 대접을 해주는데 웬만하면 쌍놈이 되지. 하물며 말단직원인 우리는 대우가 어떻겠어.

기획서가 한 번 까일 때마다 말도 안 되는 업무량을, 말도 안 되는 시간과 함께 던져 주었다. 디테일한 업무지시는 없고 가져간 기획서의 근간이 되는 부분들을 그냥 쥐어흔들면서 "이걸로 10억 벌겠어?"라는 말과 함께 모레까지 말이 맞게 고쳐와 라든가 주말 같은 건 신경도 안 쓰고 업무를 시킨다거나 했다. 게다가 개인 메신저로 우리에게 따로 업무

지시를 내린다거나 파일명이나 파일 내 디테일 따위는 아주 조금도 신경 쓰지 않고 지 입맛대로 바꾼 포맷을 시시각각으로 보내서 업무에 대혼돈을 실시간으로, 하루 두세 번씩 준다거나.

그럼에도 불구하고 인간은 위대하다. 추가된 정보라고는 브랜드 이름 정도가 정해진 것뿐이었지만 우리는 기획서라고 볼 수 있을 정도의 것을 만드는 데에 성공했다. 하지만 고블린의 눈에는 안 찼던 것 같다. 지랄을, 그것도 아주 생지랄을 떠는 고블린에게 그렇게 까실 거면 제발 뭐라도 직접 보여주기라도 하라고 애원했다. 애원이 며칠 동안 계속되자 마치 뭔가 커다란 선심 쓰는 것 마냥 자기가 한 번 보고 해결해 줄 테니 기획서 원본 파일을 가지고 오라며 자기 노트북을 들고는 회의실로 모두를 모았다.

오후부터 시작된 회의는 그 다음날 새벽까지 고블린의 한숨과 질타가 섞인 지랄로 계속되었다. 뭔가 허세 잔뜩 부리며 마우스를 잡았다가 본인이 만들지 않아 수정이 어색한 양식과 수식 앞에서, 그리고 사양 낮은 본인 노트북과 술을 얼마나 처먹고 다녔는지 가늠이 안 되는 수전증으로 빗나가는 클릭질을 보자니 내 속에서 울화가 치밀어 오를 지경이었다. 고블린은 해결은커녕 양식 수정하다가 결국 자기 화를 못 이겨 결국 폭발했고 우리는 돌아가며 그 지랄을 견뎌내야 했다.

―내가 이거 끝나면 양식 통일하는 교육 한 번 시켜 줄게.

이 새끼가 회사를 도망 나가기 전까지 단 한 번도 그딴 교육은 없었다. 애초에 교육은 할 줄 아나? 아니 네놈이 손만 안 떨면 두 시간은 일찍 끝났을 리뷰일 텐데. 그리고 양식이 아니라 제발 내용을 봐달라고. 더욱이 가관인 건 폰트의 문제였다. 당연하게도 고블린이 편집하겠다고 받아간 파일은 PPT 원본이었고 당연하게도 폰트 설치가 필요했다. 폰트를 설치해 준다고 해도 끝까지 고집 부려가며 원본 수정을 고집하는 걸 보며 기가 찼지만.

―광고주 컴퓨터에도 폰트 깔아줄 거야?

하는 말에 일단은 입을 다물었다. 아니 광고주한테는 폰트 설치가 따로 필요 없는 PDF로 보내겠지, 그걸 원본 파일로 보내겠냐만은 뭐 그런 변명 할 새도 없이 점점 지랄의 강도가 높아졌고 분위기는 험악해져만 갔다. 그런데 이상하게도 지랄이 거듭될수록 나는 그 상황이 너무 우스워졌다. 너무 압박이 심해서 내가 미친 걸까? 하고 생각해 봤는데 그건 아닌 거 같았다. 그냥 웃음이 나오더라.

―이 폰트 대체 누가 썼어?

나름 브랜드 이미지와 잘 맞는 것 같아서 예전 기획서에 썼던 폰트를 그대로 가져와 쓴 폰트였다. 폰트 이름은 밀크샤베트였는데 물론 그 예전에 썼던 기획서라는 건 내부 긴펌 외부 PT 다 통과했던 기획서였고, 칭찬 많이 받았던 바로 그 폰트였다. 그래서 별 생각 없이 우리는 대수롭지 않게 말했다.

—예전에도 썼던 폰트고 이번에도 친근하게 보여야 하는 브랜드 이미지에 맞을 것 같아서 썼습니다.
—야 하늘다람쥐. 다음부터 이 폰트 눈에 보이면 내가 진심으로 말하는 건데, 너 때릴 거야. 진짜로 때릴 거야. 진심이야. 진심으로 때릴 거야.

지랄이 도를 넘은 거 아닌가? 고블린이 이를 갈며 분노를 가득 담아 말하는 저 '때릴 거'라는 말은 갖은 욕설과 함께 계속되었고 우리는 어안이 벙벙해져 그를 바라볼 뿐이었다. 슬라이드가 넘어갈 때마다 욕설과 함께 폰트를 일일이 수정했고 수전증은 점점 더 심해져만 갔다. 와중에 나는 웃음이 터져 나오는 걸 못 참고 고개를 돌려 그냥 웃어 버렸다.

그 상황이 정말 우스웠다. 이게 대체 뭐라고 마흔 가까이 처먹은 본부장이라는 양반이 20대 후반의 여직원을 진지하게 때리겠다고 겁박을 주나. 이게 대체 뭐라고 저 달달 떨리는 손으로 욕지거리와 함께 지 분노

하나 못 다스리면서 지랄을 하며 저러고 있나. 대체 이게 뭐라고. 고블린도 그러다가 뭔가 잘못되었다는 걸 느꼈는지 나를 보며 말했다.

　—앞으로 이 폰트 한 번만 더 나오면 네 목도 따버릴 거야.

　하마터면 대폭소할 뻔했다. 그 달달거리는 손으로 잘도 내 목을 따시겠다. 월급도 안 주는 마당에 새벽까지 이렇게 욕 처먹고 앉아 있는 것도 고역이구만. 저 협박이 서너 번쯤 반복되었을 때쯤, 빛 매니저나 하늘다람쥐 팀장도 우스웠는지 고개를 돌리고 몰래 웃고 있는 게 눈에 보였다. 그때부터 아마도 고블린은 두려움의 호랑이 새끼가 아니라 그냥 인간적인 병신처럼 보였던 것 같았다. 그것도 아주 참신한 종류의 미친놈으로….

　와중에 고블린 혼자 진지했다. '이렇게까지 말했으면 애들이 날 무서워하겠지?'하고 생각하는 것처럼 보였다.
　이후 이날을, 우리는 폰트의 이름을 따와 밀샤사화라고 부르며 고블린의 병신짓거리를 기념하게 된다.

하늘다람쥐 팀장의 퇴사
기둥이 사라지다

밀샤사화를 겪은 기획서는 일단 오케이 되었다. 대체 이딴 걸 쓰기 위해 그딴 고생을 했는가 자괴감이 들었다. 그도 그럴 것이 분기 매출 10억을 달성했던 회사 이름을 써놓고 이 회사도 돈을 벌었으니 우리도 10억을 벌 수 있습니다 하고 쓴 게 다였다. 이전에 만들다 먼지가 되어 버린 기획서들처럼, 아니 그것보다 더한, 아무 신뢰성도, 타당성도 없는 쓰레기 그 이상도 이하도 아니었다. 타깃도, 전략도, 인사이트도, 그 무엇 하나 없는 낭비될 데이터 쪼가리.

그럼에도 통과된 건 고블린이 '이번에는 제가 애들 보여주려고 직접 손 좀 봤습니다.'고 발표 전에 덧붙인 말 때문인 것 같지만. 뭐 어찌 되었든 클라이언트가 만족했다면 다행인 거지. 그런데 문제는 거기서 끝나는 게 아니었다. 아직도 그 리뷰 문장을 정확히 기억한다.

―음, 역시 10억이 가능한 거였구나. 그럼 이걸 만들 수 있는 방법을 구체적으로 기획해 와.

뭐야. 역시 가능한 거였다니. 이게 무슨 소리요. 그리고 만들 수 있는 방법을 기획해 오라고 해서 가져온 거 아닌가? 10억을 만들 수 있는 자신감을 심어달라는 거였어? 세상에 이런 업무지시도 있다는 말인가. 세일즈 포인트라도 만들고 싶다고 제품의 강점이라도 알려달라고 했다. 돌아온 대답은 "공장과 협의해서 싸게 팔 수 있다."였다. 뭐?

산을 하나 넘었다고 생각했더니 백두대간이 기다리고 있었다. 10억짜리 매출이 가능하다는 소리를 했으니, 그럼 이제 그 매출을 실행할 수 있는 기획안을 만들어 오란다. 순서가 좀 잘못된 거 아닌가? 아니 순서 탓이 아니다. 뭔 탓인지도 모른다.

이 미션을 받은 우리 팀은 이날부터 엄청난 고난에 빠지게 된다. 잘못 건드렸다는 걸 이제서야 깨달았는지 광스터도 고블린도 흠칫 놀랐다가 이제 그나마 피우던 거드름도 피우지 못했다. "그딴 것도 못해?"라고 늘 지랄하고 "내가 해주면 너네가 성장을 못한다고."며 도와주지 않았으나 우리는 저 놈들도 답이 없으니까 저 모양으로 회피한다는 걸 알고 있었다.

하늘다람쥐 팀장은 점점 피폐해져 갔다. 졸지에 이 프로젝트 총괄을 맡았는데, 클라이언트에게 직접적으로 시달리고 안으로는 고블린의 방관과 무시, 욕설과 고함의 질타가 이어졌으며 심지어 그 어떤 실력도 영향력도 없는 광스터의 무능한 개입을 받아내야 했다. 아래로는 나와 빛 매니저가 이 미친 현실에 대한 불평불만을 토로하며 죽어가는 소리를 내고 있었으니 이 사이에서 어찌할 바를 모르는 본인이 느끼는 책임감의 무게가 상당했으리리.

그래도 강한 사람이었다. 어떻게든 해보기 위해서 자신이 알고 있는 것들을 끊임없이 활용하고 제안하고 부딪히며 어떻게든 일을 진전시키기 위해 최선을 다했다. 그 개미지옥 같던 미션을 불가능하다고 버리지도 않고 끝까지 물었다.

그러나 오래가지 못했다.

무능한 광스터는 자신이 사소한 실수라도 하면 모두 하늘다람쥐에게 뒤집어씌웠다. 본인이 중간에 실수로 전달하지 못한 사항이나 못 알아들어 전달을 제대로 못 한 것들에 대해 "네가 잘못한 거다."라며 일축하여 뒤집어씌우기 바빴다. 고블린은 뭐가 그리 바쁜지 얼굴도 제대로 비추지 않았고 혹여나 회사에 돌아오면 회의실 테이블에 발을 올리고 누워 빔프로젝터로 게임하면서 서너 시간씩 하늘다람쥐 팀장을 쥐 잡듯 잡아 혼냈다.

클라이언트 역시 마찬가지였다. 뭘 만들어 보내기라도 하면 제대로 된 피드백이 아닌 "아니 이게 아니라…." 하며 지난번 했던 말을 또 하고, 또 하면서 아직도 이해를 못 했냐며 답답해했다. 모르는 걸 물어보라는데 모르는 걸 알아야 물어보지. 대체 모르는 걸 어떻게 물어보라는 건지 이해를 못했다. 어쩌다가 고블린이나 광스터가 같이 회의 들어오면 자기들은 서로 다 이해를 했다고 고갤 끄덕였다. 이해했으면 뭐라도 좀 알려줘야지. 그러고 사라지면 어떡하냐 진짜.

'제발 도와달라'는 말은 절규에 가까워졌다. 퇴사하고 싶다는 말은 농담이 아니라 점점 마음이 담기기 시작했다. 그러던 어느 날 이런 이야길 했다.

─우리 누군가 퇴사하게 되면 뭐 인사 길게 하지 말고 쿨하게 하이파이브나 신나게 한 번 치고 가시죠?

그거 좋은 생각이라며 기운 없는 웃음소리를 냈다. 그 이후 얼마 안 가서 하늘다람쥐 팀장은 퇴사하겠다며 고블린에게 면담을 신청했다. 엄청난 고성이 들려왔다. 퇴사하겠다고 말하는 그, 마지막이라고 생각했던 그 순간마저 고블린은 개새끼였다. 유일하게 회사에서 일하는 사람이었는데 나가겠다고 하니 붙잡아야 하는 건 당연했을 텐데 그 방법이 너무나도 잘못되었고 과했고 폭력적이었다.

한참 후 고블린은 화가 잔뜩 난 얼굴로 회의실을 나가 어디론가 사라졌고, 그 후 한참 있다가 하늘다람쥐 팀장이 나오는 걸 보았다. 누가 보더라도 운 얼굴이었다. 정말 아무 답이 보이지 않았다. 그날 이후 총괄은 하늘다람쥐 팀장에서 광스터로 바뀌게 되었다. 퇴사 의사를 밝힌 것도 있지만 클라이언트의 요청도 있었다고 한다. 사유는 "말귀를 못 알아들어서"였다. 세상에, 이 회사에서 가장 일 잘하는 사람을 버리고 가장 무능한 놈을 그 자리에 앉히다니.

유일하게 일하고 유일하게 책임감 있고 가장 성실했고 단단했던 사람 하나를 병신으로 만드는 일은 생각보다 간단했다. 그날 이후 하늘다람쥐 팀장은 모든 회의와 프로젝트에서 배척되었다. 게다가 업무 외적으로도 노골적으로 따돌리기 시작했다. 다 큰 어른들이 이게 무슨 꼴이겠느냐만은, 그냥 할 말도 절대 하늘다람쥐 팀장에게 하지 않았고 뻔히 옆에 있는 나나 빛 매니저에게 전달하라고 시켰다. 정말 유치했다. 이게 회사인가. 급기야 하늘다람쥐 팀장을 빼놓은 메신저 방을 만들었고 미팅 일정도 가르쳐주지 않았다.

하늘다람쥐 팀장은 결국 넋이 나간 표정으로 앉아서 모니터만 보았다. 그래도 얼마 안 가 일을 하더라. 진짜 대단한 사람이다. 답도 없는 이 사업의 시장 자료를 조사했고 혹시라도 도움이 될지 모른다고 판단하는 자료들을 긁어모아 정리했다. 그러면서 미팅 나가는 내 소매 끝을 붙잡고 이거라도 하나 보고 가라고 자기가 정리한 자료를 주었다. 나는 지켜보다가 이내 그것들이 그녀만의 퇴사를 준비하는 방식이었다고 생각하게 되었다.

　고블린은 그렇게 대해 놓고 퇴사 일정도 잡아 주지 않았다. 아예 퇴사 의사를 대표에게 전해 주지도 않았다. 하늘다람쥐 팀장은 갑갑한 나머지 그냥 직접 대표를 찾아가 퇴사 일정을 조율하고 싶다고 했다. 고블린은 다시 그녀를 불렀고 사무실 공기를 박살내는 고성과 욕지거리가 회의실에서부터 울려 퍼졌다. 쓰레기 같은 인간이었다.

　그래도 대표에게 퇴사 의사를 전달했다는 사실만으로 하늘다람쥐 팀장의 표정이 조금 밝아졌다. 퇴사하기 하루 전 그녀는 나와 빛 매니저를 회의실로 조용히 불러 A4 한 장씩 나눠주었다. 이 회사에서 그녀가 해 온 모든 것이 일목요연하게 정리된 인수인계서였다. 여태까지 봤던 그 어떤 인수인계보다 깔끔했다.

―사실 대부분 진행되지 않거나 대기 상태여서 볼만한 건 없을 거예요. 관련 파일 전부 하드디스크에 백업해 두었으니까 다 복사해 가서서 필요하신 것 찾아 쓰시면 될 거예요.

프로젝트 하나하나마다 어떻게 진행이 되었고 어떻게 끝이 났고 왜 중단되었고 왜 대기 중인지, 담당자와 관계는 어떤지, 담당자는 어떤 사람인지 자세히 짚어 설명해 주었다. 약간의 미련이 있는 것 같이 느껴졌다. 정말 가는구나. 당장 팀장의 부재가 어떤 악영향을 미칠지 걱정되는 마음보다 진심으로 잘되었다는 생각을 했던 것 같다. 그렇게 결국 퇴사날이 되었다. 우리는 지지부진하게 인사하고 인사하며 소매 끝을 잡았다 놓고 잡았다 놓기를 반복했다. 실감이 나지 않았고 내일을 상상할 수 없었다.

아쉬운 마음에 회사 밖까지 나와 연신 꾸벅꾸벅하며 따라오는 우리를 보며 하늘다람쥐 팀장이 역으로 가던 발을 멈추고 활짝 웃으며 손바닥을 펼쳐 들고 돌아왔다.

―자 쿨하게!

그날 다 같이 하이파이브만 한 열 번 정도 친 것 같다.

광스터 PM의 시대
너는 PM이 뭐라고 생각하냐

하늘다람쥐 팀장의 부재는 몇 가지 변화를 불러왔다.

우선 왜 그렇게 당당했는지 모르겠으나 이놈의 애견 수제간식 사업에 광스터가 PM(Project Manager: 프로젝트 매니저, 총괄 담당자)의 자리를 차지했다. 뭘 믿고 그랬는지는 모르겠으나 굉장한 자신감을 내비쳐 보이며 특유의 거드름과 거만함으로 회의를 이끌기 시작했다. 뭐 내용은 아주 그럴싸하다.

　—내가 아는 MD들에게 부탁하면 게임 끝나니까 기획서만 어떻게 통
　　과되게 써 봐. 판매만 들어가면 쉬워져.

언제나 저 말을 달고 살았지만 택도 없는 소리. 애초에 그 기획이라는 것 자체가 답이 없이 만들어졌는데 실행에 옮겨진다고 답이 생길리가 없다. 애당초 그런 자신감이었으면 이 불필요한 회의와 보고 때문에 계속 일정 미루지 말고 그냥 바로 실행만 하면 되는 거 아닌가? 아니 다 모르겠으니까 그 전문가라는 MD 연락처라도 좀 달라고. 같이 미팅해서

기획서 끝내 버리게.

　광스터의 그 '아는 MD'는 이미 프로젝트 시작 단계에서 나오던 드립이었다. 웃지 못 할 블랙코미디 같은 상황이 연일 계속되었었는데 하늘다람쥐가 퇴사하기 전에 광스터에게 MD 연락처를 달라고 하면 기다리라고만 했었다. 그러다가 결국 기획서에 '차후 MD와 상의해서 채워야할' 구멍들이 생기게 되었고 이 기획서 보고를 받는 고블린과 대행사 대표의 입에서는 당연히 좋은 말이 튀어나올 리 없다.

　—왜 안 물어봤어? 모르면 쫌 물어보랬잖아.
　—광스터 본부장에게 물어봤는데 기다리라고만 하라고 하셔서….
　—기다리라고 하면 마냥 기다릴 거야?

　그럼 기다리라는데 기다려야지 어떻게 하라고. 물론 마냥 기다리지 않았다. 우리도 그렇게 구멍 뚫린 일 하고 싶지 않았으니까. 틈만 나면 구멍 난 기획서 들고 가서 연락처 좀 달라, 혹시 아직 기다려야 하면 이 부분 채워 넣어야 하니까 어떻게 쓸지 내용이라도 달라. 광스터 본부장 지시사항으로 남겨두어도 되냐. 방향만이라도 잡아 달라. 재차 요구했지만 기다리라고만 하다가 나중엔 화를 냈다. 이런데 더 이상 뭘 하라고. 외부인도 아니고 내부인이, 그것도 상급자가 저 모양인데. 뭐 나중에야 안 사실이었지만 이 인간이 아는 사람은 한 명도 없었다.

이런 상황과는 별개로 사업은 시작되었다. 참 신기했다. 다만 이 클라이언트의 지랄 맞음은 공장에도, 쇼핑몰 제작 업체에도, 제품 사진 찍는 스튜디오에도, 골고루 돌아갔으므로 일정이 제대로 될 리 없었다. 엉망진창으로 돌아가며 삐걱대는 이 사업에서 우습게도 그 모든 외주업체 중에서 우리가 제일 만만했는지 책임을 우리에게 묻기 시작했다. 다른 업체는 그냥 일 못하겠다고 손 떼 버렸다고도 하고. 그래서 수익이 절실했던 우리만 남아 있던 거였기도 하고.

하늘다람쥐 팀장 이후 내가 잠깐 PM을 맡은 적도 있었는데, 기획서 리뷰를 시작하기도 전에 욕을 거하게 처먹고 나가떨어졌다. 사유는 "최신 파일의 제품명이 아니며, 딱 보니 가격 정책이 마음에 들지 않는다"였다. 일단 전자는 내 실수 인정. 제품 리스트를 20분 간격으로 메신저로 보내주고 파일명도 제각각이고 최신 파일은 마지막에서 두 번째 전에 보내준 파일이며 그 와중에 탭 별로 상품명이 달랐지만 그래도 클라이언트님의 마음을 못 읽은 내 실수겠지. 내가 기획이 아니라 관심법을 익혔어야 하는데.

가격은…딱 봐도 무슨 적자 예상되고 뭐가 어떻고 생각이라는 걸 하고 만들었냐며 아주 난리였다. 언제는 적자 생각하지 말고 최대한 자유롭게 상품 구성해 보라면서. 그리고 그건 진심으로 MD의 영역이었다. 소셜커머스, 오픈마켓에서 진행할 기획전과 특별전들 상품 구성하고 소비자에게 익숙한 가격 정책을 기획하는 부분이었는데 MD에게 자문을 구할 수 없어서 그냥 타사 레퍼런스와 가격 구성표를 보고 몇 날 며칠을 개고생해서 만든 구성이었다. 내가 이걸 왜 하고 앉아 있어야 하는지에 대한 물음이 머릿속에 가득했으나 뭐 어쩌겠는가. 하라면 해야지. 웃기는 건 그렇게 욕해 놓고 나중에 내가 정한대로 가격 매기더라.

이게 광스터가 PM을 맡으면서 실질적으로 PM이 없는 프로젝트로 전락해 버린 결과였다. 광스터는 프로젝트에 하등의 지시도, 방향성의 제시도 없었으며 그 어떤 책임도 지지 않으려 하고 계속해서 한 발 빠진 상태로 지랄만 해대는 게 업무의 전부였다. 그러니 클라이언트는 PM이 아닌 그 밑의 나와 빛 매니저에게 다이렉트로 지랄을 했고 결국 나도 튕겨 나가 빛 매니저가 독박을 썼다.
한 번은 광스터가 모두를 모아 놓고 회의를 잡았다.

―뭐가 문제냐?
―요즘 하고 있는 일들이 광고 기획팀의 일이라고 생각하지 않습니다.
―광고 기획이 뭔데?
―광고를 위한 전반적인 기획 업무입니다.
―그러니까 그게 뭔데?
―구체적으로 업무를 말씀드리면 광고나 마케팅을 진행하기 위해서
　시장 및 자사, 경쟁사를 분석하고 파악한 결과를 토대로 전략을 만

들고, 크리에이티브 기획이나 매체 전략이나….

—야, 내가 배운 거랑은 좀 다른데?

분명 지가 못 알아듣는 단어가 나오기 시작했으니 말을 잘랐을 거라고 확신한다.

—광고 전공자인 내가 배운 건 말이야. 광고를 4년 동안 배운 내가 알고 있는 기획이라는 건, 뭐든지 다 하는 거야.

응? 나는 뭔가 광고에 대한 진리라도 말해 주려나 싶었다. 드디어 이 새끼가 광고마스터의 진면모라도 보여주는 건가 싶었는데 아쉬웠다. 광고의 대가께서 말씀해 주시는 광고 기획의 정의란 그랬다.

—광고 기획은 다 하는 거야. 무슨 일이든 다 하는 거라고. 상품 구성? 기획전 진행? 너네가 말하는 MD의 일이라는 거 사실 너네가 다 해야 하는 거라고. 광고가 뭐라고 생각하는데?

—그럼 PM이시니까 방향이라도 잡아 주시면 좋겠습니다. MD 연락처라도 좀.

—야 너는 PM이 뭐라고 생각하는데?

그놈의 '뭐라고 생각하는데.' 이거 고블린 말버릇인데 아주 고약한 놈이 배워 와서 이상하게 쓰고 앉아 있다. 대체 하늘다람쥐 팀장은 이딴 놈과 어떻게 같이 일을 했던 걸까. 그것보다 마흔이 넘은 아저씨가 십수 년 전 4년 대학에서 광고 배우고, 배운 거랑은 생판 다른 커리어로 일해 오다가 이제 와서 실무자 둘을 앉혀 놓고 저런 식으로 말하는 게 너무 우습고 짜증났다.

언젠가 한 번은 그런 적도 있었다. 그놈의 수제간식 사업을 한다는 대행사 미팅을 다녀오면서 광스터가 나에게 슬쩍 "우리 과는 광고 전공이라 졸업하면 이런 데 취직했어." 하며 거드름을 피우기 시작했다. 그게 왜 네가 거드름을 피울 일일까. 그리고 '이런 데'라니. 너랑 나는 뭐가 되냐. "이런 회사를 와서 이렇게 일해야 하는 거야. 야, 너도 열심히 일하고 그러면 이런 데에서 일할 수도 있어. 기획 열심히 배우고." 어이가 없어서 말문을 잃었다. 그럼 너랑 내가 일하는 회사는 '그런' 회사냐. 그것보다 너도 내 이력은 전혀 모르는구나.

자격지심이 강한 인간. 사실 고블린도 그렇고 이 회사에 존재하는 대다수의 쓰레기는 생각보다 자존감이 많이 낮은 사람들이었구나 하고 생각했다. 광스터는 그런 인간이었다. 친구도 없고 살은 가만히 있어도 숨 쉬는 걸 힘들어 할 정도로 쪄서 헐떡이느라 말도 잘 못하고 능력도 없고 할 줄 아는 거라고는 게임밖에 없는 인간인데 그런 인간이 좀 직급 높은 자리에 앉았으니 쓰레기가 된 사례구나.

―PM은 프로젝트를 이끌고 책임지는 사람이라고 생각합니다.
―그게 네가 생각하는 PM의 정의야?

나름 고민한 대답이었다. 할 일이라면 다양하겠지만 간단한 대답으로
정리해서 말해 줘야 한다면 뭐.

―네.
―그게 네가 생각하는 PM의 정의냐고.
―그럼 본부장님께서 생각하시는 PM의 역할은 무엇인가요?

왜 화를 내는지 모르겠으나 광스터는 어이없다는 듯 헛웃음을 뱉으며
정색하고 나를 노려보았다. 회의 같지도 않았던 그 회의는 느닷없이 들
이닥친 고블린 때문에 흐지부지 끝이 났다. 밖에서 봐도 분위기가 이상
했겠지. 그냥 두면 광스터가 바닥 보일까봐 구해 주려고 들어온 것 같은
눈치였다. 그래도 나는 어떻게든 그 인간이 생각하는 PM의 정의를 듣
고 싶었으나 결국 듣지 못했다. 아주 나중에 "혹시 그날 그놈이 물어보
던 것들은 진심으로 몰라서 물어본 게 아닐까요?"하고 말했던 적이 있
었다.

아, 당연한 이야기인데 월급은 계속 밀리는 중이었다. 이때가 두 달째
던가?

도망가는 본부장
내 직속 상사의 마지막 말은 '더워 보이네'였다

　해가 바뀌고 월급을 전혀 받지 못했다. 수제간식 사업주께서는 자신의 자아실현을 위해서 우리를 성실하게 털어대셨고 무능하고 무능한 광스터 PM은 여전히 병신 짓거리만 계속해댔다. 우리만 상황이 이런 것은 아니었다. 우리를 제외한 여러 계열사들 역시 월급이 나오지 않는 것은 마찬가지였다. 모회사가 만들어 놓은 병신 같은 시스템 문제였다.

　아, 우리 회사는 유독 힘들었지. 다른 계열사 직원들은 모여서 노무사 대동하고 단체 고소 준비하고, 출근하면 영화나 보던가 하며 다 같이 합심했으니까. 인맥이고 뭐고 대표와 임원과 직원들이 서로 손잡고 모회사를 공격하고 있었다. 뭐 애초에 출근도 잘 안 한다고 했다. 월급 밀리는 게 석 달이 넘어가는데 출근에 성실할 필요가 있나? 그런데 왜 우리 회사는 이렇게 힘들게 일을 하고 혼나는 중이지?

　언제 돈을 주겠다는 언급도 이제는 없었다. 정확하게 말하면 처음에는 '언제까지 주겠다'고 하다가 '언제까지 주겠다고 하더라' 하다가 나중에는 '나도 못 믿겠어서 말해 주기가 어렵다'로 바뀌었다. 그 다음에는 그냥 막연한 기다림으로 이어졌다.

초반에는 그냥 출근 시간 잘 맞추어 출근하고 퇴근 시간 되면 퇴근했다. 야근 안 하는 것만으로도 일종의 항의 표시였다. 계약을 어긴 건 회사인데. 애당초 시작부터 말 안 되던 수제간식 사업은 점점 거지꼴이 되어갔다. 이 꼴이 난 이유는 어이없었던 시작도 이유였지만, 뭐 그렇게 자랑질하고 자신만만하던 인맥이라든가 저렴하게 떼 올 수 있다던 제품이라든가 하는 기획 밖의 것들이 까놓고 보니 별 거 없었던 거다.

자기만 저렴하게 해 준다던 공장은 알고 보니 모두에게 저렴하게 제공하고 있었고, 그보다도 더 저렴하게 주겠다는 글이 도매상 커뮤니티에 올라오고 있었다. 대표만 그 사실을 몰랐나 보다. MD 인맥 빵빵하다고 큰소리치던 광스터는 사실 가진 인맥이 눈곱만큼도 없어서 우리 보고 고객센터에 진상을 부려서라도 MD 연락처를 따오라고 윽박질렀다. 고블린은 한국에서 소셜커머스 좀 한다던 업체를 데려오겠다고, 얘네는 기술자라서 맡기기만 하면 완판된다고 거드름 피웠는데 그마저도 답이 안 보이니 버림받았는지 일한다는 소식이 없다. 그야말로 총체적 난국이었다.

한편으로는 고소했고 다른 한편으로는 곤욕스러웠다. 온갖 잡무가 우리에게 쏟아졌기 때문이다. 아주 사소한 디자인 업무부터 자잘하고 소소한 잡무들, 가격 정책이라든가 기획전 기획, 페이지 제작, 판매, 판매 관리, MD 커뮤니케이션, 패키지 디자인, SNS 채널 디자인 등등 광고기획팀의 업무 범주를 이제는 아득히 넘어서 버렸다. 하지만 그럭저럭 버틸만했다. 혼내는 사람도 없었고 혼낼 수 있는 상황도 아니었기 때문이었다. 나는 완전히 마음대로 회사를 다녔다.

지각도 좀 했다. 성실하게 출근하고 싶지 않았다. 일부러 늦게 일어나고 늦게 나와 커피 한 잔 사서 느긋하게 출근했다. 뭐라고 하는 사람도 없었고 뭐라고 할 수 있는 상황도 아니었기에 나는 느긋했다. 사실 일종의 임금 체불에 대한 항의 표시였고 내심 궁금한 마음도 있었다. 어디까지 불성실해야 대화를 시작할까. 월급 잘 줄 때는 세 번 지각하니까 불호령을 내리던데.

내 직속 상사였던 고블린은 월급이 두 달째 밀리던 달부터 대표이사실에 처박혀서 나오지 않았다. 무슨 인수 계획을 세우는 중이라고는 하는데 이 적자 회사를 인수해 줄 회사가 있고, 거기 희망을 걸고 있다는 게 너무 우스웠다. 그게 밀린 월급을 줄 수 있는 유일한 희망이라는 말을 들었을 때 나는 노무사 소개해 줄 사람을 찾아보기 시작했던 것 같다.

이 와중에 광스터의 눈치 없는 행보와 고블린의 뻔뻔함에 대해 잠깐

썰을 풀어 보자. 뭐 두말할 것 없이 광스터는 급여가 밀려서 당장 핸드폰 요금 걱정하는 직원들에게 웃으면서 다가가더니 자기 신발 100만 원 가까이하는 거 디자인 좀 골라달라고 자랑하면서 돌아다녔다. 진짜 100만 원 가까이 하는 걸 살 거라고 계속 강조해서 말하면서. 고블린과 대표, 대표 와이프는 어디 바닷가인가 놀러 가서 회 먹으면서 자기들끼리 직원들에게 죄송하다며 서로 사죄하고 용서하는 시간을 가졌다는 말을 했다. 왜 너네끼리 죄송하고 사과와 용서를 주고 받냐. 대표 와이프는 왜? 대체 뭐가 문제인건지도 모르겠다.

뭐 아무튼 그렇게 있는 와중에 고블린이 대표이사실을 뛰쳐나와 춤을 추며 돌아다니기 시작했다. 인수가 될 것 같다는, 그것도 꽤 이름 있는 대기업의 자회사로 인수될 것 같다는 이야기였다. 와~ 재수가 없긴 해도 능력은 있구나 하고 생각했다. 그런데 역시 공감능력은 없는 모양이었다. 열심히 그룹과 싸우던 중인 계열사들을 돌아다니며 초상집 같은 분위기 속에서 춤을 추며 자랑질을 해대는 거 보면. 그리고는 돌아와서 인수될 때까지 입을 무겁게 하라는 걸 보니 이 양반도 어디 하나를 위해 어디 하나는 완전히 포기한 놈이구나 생각했다.

인수가 잘 되었냐고?
어림없는 소리.
애초에 잘 될 리 없는 인수였다. 왜 그렇게 확신했냐는 질문에 세상에… "긍정적으로 검토해 준다고 해서 믿었는데…"하고 말꼬리를 흐리는 걸 들어봐도 그렇고, 정말 무슨 생각으로 저렇게 설레발을 친 건지 전혀 이해가 안 되었다. 그게 진심이겠냐 이 멍청한 인간아. 월급 밀려서 울상인 직원들 면전에서 그렇게 골반 흔들면서 노래 부르더니 아이고, 정신 나간 인간 같으니라고.

김칫국 마시며 간만에 거만 모드로 돌아선 고블린은 내 옷차림을 보며 더워 보이네 하고 빙글빙글 웃고 다른 직원들에게도 농담을 던지던 그의 활기는 인수 실패 이후 다시 풀이 죽어 보였다. 그는 다시 대표이사실에 처박혀 연신 기침소리만 들려주었고 얼굴도 비추지 않았다. 가끔이라도 보이면 꼭 알콜중독자 같은 몰골을 하고 있었다. 인간이 최대한 불쌍하게 보이려고 노력하면 저렇게 보이겠구나 싶었다. 그가 그만둔다는 소문이 돌기 시작한 건 그 뒤 얼마 안 가서였다.

―이상하네요. 이번 달까지랬는데.

소문에 의하면 그만두기 하루 전날이었다.

―그럼 오늘이 마지막 날인데, 어떤 식으로 우리한테 인사를 할까요?
―사과라도 하려나요?

나와 빛 매니저는 그의 마지막 인사가 어떤 말일지 참 궁금해 했다. 정말

같이 지랄하며 우리를 죽일 듯이 쪼아대던 그였기에, 우리 팀장을 인간 이하로 하대하며 쥐 잡듯이 잡던 그였기에 그의 마지막 말에 어떤 사과 비슷한 거나 후회 비슷한 게 담겨 있지 않을까 하고 내심 기대했다. 오늘은 말을 걸지 않을까? 밥이라도 같이 먹지 않을까? 하고 기대하는데 퇴근 시간이 다 되어서야 대표이사실에서 나온 고블린은 우리 주변에 와서 뭔가 사춘기 소년이 고백하려는 듯이 쭈뼛쭈뼛 서성거리기 시작했다.

오 뭔가 할 말이라도 있나? 드디어? 하고 기대하는데 눈이 마주치자 빠르게 돌아서더니 회사 밖으로 나가 버렸다. 뭐지? 내일 인사하려나? 오늘이 아닌가? 하고 다음날 오전, 노트북을 옆에 끼고 빠른 종종걸음으로 사무실을 나가는 고블린의 모습이 내 옆을 스쳐 지나갔다. 점심도 안 먹고 미팅을 가나? 하고 생각했는데 그게 그 인간의 마지막 모습이었다. 그렇게 무서웠고 긴 시간동안 내게 트라우마를 줬던 그가 나와의 관계를 마무리 짓는 모습은 도망이었다.

이제 내 직속 상사는 대표가 되었다.
이제 임금 체불이 석 달째로 접어들었을 무렵, 나는 이대로 계속 기다릴 수 없었다.

6
임금체불과
고소전의 시작

밀린 월급에 대처하는 우리의 자세
일단 모여봅시다

월급이 밀리면 맨 처음 무엇을 해야 할까? 언제쯤 행동하는 게 적기일까? 어떻게 협상을 해야 하고 어떻게 대처해야 할까? 회사 사정마다, 상사나 대표가 어떻냐에 따라 다양한 방법과 상황이 있겠지만 일단 우리 회사의 상황은 매우 매우 매우 매우 안 좋았다. 노무사도 이런 케이스는 보기 드물어서 손대기 꺼려진다고 말했었으니까. 캐면 캘수록 점점 회사구조가 복잡한 게 보였다.

임금체불이 두 달을 넘어서 세 달째 접어들던 때, 더 이상 밀리면 안 된다는 건 알고 있었다. 물론 안 되는 건 한 달만 밀려도 문제지만 세 달을 넘어가게 되면 그 이후의 월급에 대해선 받을 길이 전혀 없어진다. 세 달치 월급은 체당금이라는 제도로 회사가 지불 능력 없이 도산하게 되면 국가에서 대신 지급해 주는 방법이 있다. 하지만 세 달이 넘어가는 체불임금은 회사가 지급 능력이 없다 하면 받을 수가 없어진다.

하지만 체당금에도 문제는 존재한다. 일단 회사가 도산해야 한다는 것. 이 회사가 계속 굴러갈 수 있을지, 대표가 무슨 법리적인 장난질을 치고 있지는 않으지 알아봐야 하는 게 급선무였다. 만약 대표가 이 문제를 해결하고자 하는 마음이 있다면 회사를 도산시키고 체당금이라도 받을 수 있게 해 줄 것이다. 그게 아니라면 도산으로 인정이라도 받아야 한다. 여기서 문제는 이렇다. 회사가 멈춰 있다는 걸 어떻게 증명할 것인지, 대표자는 지금 대표이사실에 있는 저 사람이 맞는지, 대표가 운영하는 다른 법인이 혹시 여럿이고 여기 영향을 줄 수는 없는지…. 나는 조심스럽게 다른 직원들에게 연락을 돌렸고 최대한 정보를 끌어 모아 보기로 했다.

며칠 동안의 정보수집과 연락을 통해 함께 움직일 매니저들을 모으는 데에 성공했다. 사람이 많아지니 회사의 사정에 대해 파악이 가능해지기 시작했다. 팀장 이하 수준에서 알 수 있는 정보는 미비했지만 각자가 알고 있는 파편적인 정보들이라 해도 모아 놓으니 꽤 도움이 되었다. 특히 경영지원 쪽 직원 한 명이 가세하면서 정보가 매우 알차게 되었다. 여기서 알게 된 사실을 요약하면 대충 이러하다.

* 우리 회사의 지분은 모회사와 대표이사가 나눠 가지고 있다.
* 우리 회사의 모든 자금은 모회사가 계좌를 틀어쥐고 있으며 집행도 직접 한다. (사실상 체불의 제1원인)
* 우리 회사에 들어오는 모든 자금은 모회사에서 지급되었으며 지출

된 모든 금액의 대부분이 적자이다.

모회사의 자금으로 우리 회사가 인수한 B 회사가 있으며, 이 회사는 대형 포털 검색광고 파트너사로 유일하게 회사 가치가 있는 법인이다. (고블린이 인수 시도 했을 때 이 법인 가지고 협상을 했다고 한다.) 우리 회사의 인력을 활용하여 B 회사의 영업 및 매출을 올리고 있는 중이었다.

* B 회사의 지분은 우리 회사의 대표가 최대주주로 모회사와 지분을 나눠 가지고 있었다.

대표가 회사를 설립하기 전 가지고 있었던 법인 C 회사가 있고, 이 이름으로 영업을 하고 있고 인력 일부를 C 회사의 이름으로 운용하고 있었다.

와~ 복잡하다. 이딴 구조를 만들어두고 영리 활동을 하고 있으니. 이렇게 되면 적자인 재무제표를 들고 가도 사실상 도산으로 처리하기도 힘들어진다. 법인은 지분구조와 상관없이 독립하여 존재하지만 같은 공간에서 같은 인력으로 사업을 영위했을 때 상법상 동일한 회사로 판단할 위험이 있기 때문이었다. 즉 우리 회사, B 회사, C 회사 전부 도산해야 체당금 지급 요건이 될지도 모른다. 게다가 아무것도 모르는 몇몇 직원들은 월급을 조금이라도 주겠다는 명목으로 B 회사나 C 회사로 재계약을 시켜 버리고, 중간에 월급조로 작은 돈을 지급한 경우도 있었다. 체당금은 마지막으로 지급한 임금의 시점에서 3개월이기 때문에 사건이 점점 복잡해진다.

　이 상태로 노무사를 찾아갔다. 월별로 급여가 체불된 직원들 수와 예상되는 체불 총액, 내 선에서 파악할 수 있었던 회사의 재무 상태 등을 가지고 갔다. 잠깐 훑어봤지만 노무사는 바로 상황을 파악하고는 한숨을 쉬며 이런 경우에는 방법이 별로 없다고 했다. 가장 해볼 만한 방법은 단체로 고소하고 사건을 키워서 취하서를 들고 대표에게 도산을 요구하는 방법이 있을 거라고 했다. 그러면서 몇 가지 팁을 주었다.

* 만으로 나이가 서른을 넘지 않았을 경우 체당금에도 받을 수 있는 상한액이 있다. 때문에 만약 급여를 받게 된다면 상한액 외에 체당금으로 받을 수 없는 만큼을 밀린 개월 수의 각 월급으로 받고 나머지는 체당금으로 받아야 한다.
* B 회사로 이직한 직원들은 빨리 퇴사하는 게 답일 수도 있다. 만약 계약 전과 후의 회사를 동일 회사로 간주하게 되면 조금이라도 급여를 받은 달 이전의 체불임금은 받을 수 없게 된다.
* 가능하다면 대표를 데려와라. 이런 경우에는 급여를 지급한다 해도 잘 쥐야 한다. 돈이 생기는 대로 입금을 해줬는데 몇 월의 임금인지 제대로 명시하지 않는다면 최신 급여로 간주될 수도 있어 이전의 체불 임금은 받을 수 없을 수도 있다.
* 잘 모르겠으면 돈 생길 때 나한테 전화라도 하라고 해라.

단체로 고소라도 준비해야겠다는 생각이 들었다.

노무사와 상담하고 회사에 돌아오니 뭔가 분위기가 이상했다. 사무실에 있던 직원에게 물어보니 임원들의 움직임이 이상하다는 이야기와 함께 경영지원 팀장 하나가 자꾸 회사 사무실 인테리어 문의 전화를 하면서 우리 회사가 아닌 이상한 회사 이름으로 대화한다는 말을 해주었다. 와중에 광스터가 계속 안절부절못하면서 경영지원 팀장과 입사한 지 얼마 안 되는 개발 본부장을 계속 부르고, 왔다 갔다 하는 모습이 보였다. 광스터는 정말 단순한 사람이어서 고블린의 탈주 이후로 아무것도 못하고 그냥 돌아다니며 말실수나 저지르고 다니던 중이었는데 나와 빛 매니저에게는 아주 좋은 먹잇감 대상이었다. 말 잘못하면 그냥 들이받고 대들면 어쩔 줄 몰라 하는 표정이 일품이었다. 그런 그놈이 티나게 저러고 돌아다닌다는 건 뭔가를 꾸미고 있다는 소리일 텐데.

—우리 저 인간 한 번 떠볼까요?

빛 매니저는 나와 함께 '밀린 월급 받아내기 프로젝트'의 주축이 되어 매니저들의 대표 격으로 움직이기로 했다. 다들 너무 어리고 그나마 우리가 사회 경험이 좀 더 있는 편이었기 때문이다. 우리는 광스터의 부름으로 임원들이 뭔가 분주하게 움직이는 걸 보면서 무슨 꿍꿍이인지 알아야 대처할 수 있겠다고 생각했다. 이 술렁이는 판에서 자칫 잘못하면 완전히 낙오될지도 모르고, 그 중에서 광스터는 가장 만만한 인간이었으니까.

—저 인간 불러다가 쪼아볼까요?

—저 인간이 아는 게 뭐 있겠어요. 아무것도 못 건질 것 같은데.

—그러면….

우리는 그나마 좀 똘망똘망해 보이는 개발 본부장을 불러 보기로 했다. 가장 기존 임원들과 거리 있는 사람이기도 하고 무슨 꿍꿍이가 있어서 몰래 일을 벌이는 중이라면, 이 상황에 광스터는 안절부절못할 거고, 별 일 아니라면 그냥 평소 하던 대로 자기 자리에서 게임이나 하고 있을 터다. 우리는 조용히 조직도에서 본부장의 연락처를 찾아 회의실로 불렀다.

막상 회의실에 들어가니 무슨 말을 할지 순간 막막했다. 그래도 임원인데 사측 사람이 아닐까? 괜히 움직이고 있다는 거 들통 나면 걸림돌이 되는 거 아닌가? 잠깐 고민하다가 일단 입을 열었다.

—저희가 단체로 움직이려고 모여 있습니다. 아무래도 임원이 대표하는 게 나을 것 같아서 뵙자 했습니다.

표정을 살짝 살펴보니 뭔가 알겠다는 표정이다. 아 뭔가 있구나 이사람. 쐐기를 박는 게 좋겠다 생각했다.

—고소하려고요.

고소는 마치 눈치게임 같아서
월급 안 주는 회사와 사장을 고소해 보자

개발 본부장은 알 수 없는 표정으로 고개를 끄덕이다가 입을 열었다.

―역시 준비하고 있었군요. 이런 경우에는 크게 세 종류 사람이 있더
라고요. 움직이는 사람, 움직이고는 싶은데 어떻게 해야 할지 모르
는 사람. 그리고

본부장은 회의실 바깥으로 보이는 광스터의 실루엣 쪽으로 고개를 돌
렸다. 광스터는 아까부터 쿵쿵대며 회의실을 기웃거렸다. 후에 밖에 있
던 직원의 말로는 뭐 마려운 강아지처럼 낑낑거리면서 왔다 갔다 하는
게 아주 볼만했다고 한다.

―그냥 아무것도 모르는 사람. 저도 얼마 전부터 조용히 움직였어요.
이 상황에서 급여를 다 받아낼 수 있는 방법이 없을까 하고. 솔직히
지금 상태에서는 회사를 상대로 고소해 봐야 이득 볼 수 있는 게 없
어요. 대표를 고소해도 그렇고. 체당금을 진행한다 해도 그걸로 해

결 안 되는 사람들이 많아요. 나도 그중 한 명이고. 그래서 저는 압류를 진행하려고 합니다.

—그만큼 남은 재산이 있나요?

—남은 재산이 있는지 없는지 파악하려고 조용히 움직였어요. 경영지원 팀장이랑 같이. 그런데 아무리 파 봐도 딱히 건질만한 게 없더라고요. 그런데 딱 하나 남은 걸 발견했어요. 본인들도 조금만 생각해 보면 그게 뭔지는 알 거예요.

두말할 것 없다. 지금 이 회사의 모든 재산은 모회사가 틀어쥐고 있으니 답은 B 회사다. 그 회사의 계좌는 아직 공개된 상황도 아니고 무엇 때문인지는 모르겠지만 꾸준히 돈이 들어오고는 있다는 사실만 알고 있다. 게다가 대형 포털의 공식 광고 대행사라는 명분도 있어서 이것만으로 자산가치가 되고 회사를 매각하기도 용이하다고 들었다.

—그것만 성공하면 아마 밀린 급여 다 나오게 할 수 있을 거예요. 문제는 이제 압류 걸기 전에 대표가 털어 버리는 건데, 그래서 좀 빨리 움직여야 해요. 대표할 사람이 빨리 고소하고 체불금품 확인원 받아서 압류 걸어야 해요.

본부장은 몇 사람 이름을 말해 주고 함께하고 있는 사람이라고 설명해 주었다.

—어차피 여기 없는 나머지 인원은 압류 성공만 해도 월급 다 받을 수
있을 거예요. 그러니 최대한 비밀 보장해 주세요. 대표 귀에 들어가
서 눈치 채기 전에.

그런데 의문이 든다. 노무사는 분명 최대한 사람을 끌어 모을 수 있을
만큼 끌어 모아야 담당자가 사건의 심각성을 인지하고 일처리를 빨리
해줄 가능성이 늘어난다고 했다. 고소의 수가 많으면 그만큼 취하서에
힘이 실리고 이걸로 대표이사의 협조를 이끌어내기 수월해질 거라고 했
다. 그런데 이 사람은 소수만 움직여야 한다고 말하고 있다. 다 믿을 수
는 없겠구나.

　아무튼 일단 임원들의 저 알 수 없는 분주함이 우리에게 급한 상황은
아니라는 걸 알았다. 이게 가장 큰 수확이었다. 이 인간도 뭔가를 준비
하고 있는 것뿐, 끝낸 상황도 아니고 이렇게까지 말하는 거 보면 대놓고
뒤통수 칠 것도 아닌 것 같기에 이제 내가 선택해야 하는 일만 남은 것
이었다. 대화를 끝내고 자리로 돌아와 상황을 정리해 보니 세 가지의 선
택지가 있었다.

　* 본부장을 믿고 일단 기다린다.
　본부장은 이런 상황이 처음이 아니라고 했다. 친한 변호사를 고용해
일처리를 수월하게 진행하겠다고 했다. 그러니 기다려 보라는 말도 덧
붙여서. 일단 이 양반이 만든 배를 타려면 배가 어떻게 만들어지고 무슨

목적으로 굴러가는지 명확해야 할 텐데. 아니 그럼에도 탈 수라도 있다면 타 놓는 게 좋을까 생각했다. 하지만 걸리는 부분은 만약 함께한다는 그 소수의 사람들만 구해지는 배라면 나와 빛 매니저가 모아 놓은 나머지 사람들은 어떻게 되는 거지? 그게 제일 미심쩍은 부분이었다.

일단 탈락. 사실 시원하게 까놓은 것도 아니고 일정을 알려준 것도 아니다. 적당히 말해 놓고 적당히 떼어 놓을 수도 있는 정도의 거리감이라고 생각했다. 이런 거리감이 뒤통수 때리기 아주 좋은 거리다.

* 대표에게 이 사실을 가지고 임금에 대한 딜을 걸어 본다.

너무 판타지다. 이건 패스하자. 어차피 그렇게 딜해서 쉽게 협상할 정도로 나올 돈이 있었으면 일을 이 지경까지 키우지도 않았겠지. 우리가 모아 놓은 직원들은 약간 점조직 같은 형식으로 구성되어 있었다. 한 번에 모여서 단체 행동을 하기 전에 나와 빛 매니저가 몇몇에게 연락하여 의사를 밝히고 사내에 친한 사람이 있으면 삼삼오오 모여서 이야기해 보라는 식으로 연락한 게 전부였다. 그 사람들이 가지에 가지를 쳐서 각자 작게 무리 짓게 만들었다. 이렇게 짜 놓는 게 규모는 있고 공유는 활발하되 표면상으로는 조용하고 정보 모으기도, 그걸 비밀로 하기에도 편하다. 그러다 보니 묘한 믿음이나 기대감 같은 게 우리에게 따라왔고, 그러다 보니 나도 묘한 책임감이 생겨서 내 안위만 생각할 수도 없는 지경이었다.

무엇보다 본부장의 말들이 사실이라면 위험하다. 이 선택지도 탈락.

* 모아 놓은 인원으로 고소 절차를 밟는다.

일단 본부장이 뭘 하고 있는지에 대해서, 다는 알지 못할지라도 일부는 어느 정도 유추할 수 있었다. 그리고 선택권은 우리 쪽에 있다. 압류는 전혀 생각 못하고 있었는데 일단 비밀로 해달라는 본부장 부탁도 있었으니 이건 입을 다무는 게 좋겠다고 생각했다. 대신 그저 기다리라는 말은 그다지 신뢰가 가지 않았다.

이렇게 되니 진정 제기를 하지 않아야 할 이유가 없었다. 어차피 고소는 각자해도 같은 사건이니 본부장의 압류 시도와 사건은 합쳐질 것이다. 고소를 하지 않으면 어떤 불이익이 있는지는 모르겠으나, 모르는 것보다 리스크가 큰 건 없다. 그러면 가장 확실하게 가자. 생각 끝에 의견을 냈다.

—고소 시작하는 게 좋을 것 같은데요?
—그럼 그냥 바로 해 버릴까요?

고소는 우선 노동청에 진정 제기를 하면서 시작한다. 진정 제기는 말그대로 이 회사가 월급을 안 주고 있다고 알리는 정도의 역할로 일반 범죄로 따지면 경찰서에 신고하는 것 정도가 된다. 이렇게 되면 노동청은 대표와 근로자의 합의를 도와주고 지불 날짜에 대한 중재를 시작한다. 다만 우리 회사의 경우 체불된 근로자도 많고 액수도 상당해서 한꺼번에 진정 제기를 넣으면 중재를 생략하고 바로 소송 진행될 수 있을 거라고 들었다.

자! 본격적으로 소송이다. 법인을 상대로 민사를 걸고 대표 개인을 상대로 형사를 건다. 임금이 지급되면 취하할 것인가, 안 할 것인가, 형사는 하지 않을 것인가에 대한 옵션이 생기는데 가급적이면 형사도 진행하고 취하의 여지도 남겨두는 것을 권장했다. 개인에게 형사를 거는 이유는 법인 가지고 장난칠 거리가 너무 많기 때문이다. 예를 들면 대표이사가 이상한 사람으로 바뀌어 있고 연락도 안 되고 행방이 불명이라고 생각해 보자. 법인 대상으로는 어떻게 할 방법이 없다. 대표자 개인에게도 형사를 걸어야 취하 옵션을 두고 합의금이라도 받는다.

심지어 회사 명의가 세 개나 되고 모회사와의 지분관계도 복잡하게 얽혀 있어서 마음먹고 장난질 시작하려면 한도 끝도 없이 칠 수 있겠다는 생각이 들었다. 나와 빚 매니저는 온라인으로 간단하게 진정 제기를 넣었고 다른 직원들에게도 시작하라고 메시지를 보냈다. 순간 회사가 조용해지고 직원들 모니터에 진정 제기 페이지가 일제히 떴다. 얼마 안 가 거의 모든 직원이 진정 제기를 완료했고 이제 본격적으로 밀린 급여를 받아 보겠다고 마음먹었다.

하지만 사건은 예상치 못한 국면을 맞이하게 된다.

모든 직원의 퇴사
월급을 못 주겠으니 모든 직원들은 퇴사하십시오

    대표가 모든 직원을 회의실로 불러 모았다. 내용은 간단했다. 회사는 임금을 지불할 능력이 없으니 이달 부로 모두 퇴사하라는 지시였다. 사정이야 모두가 뻔히 아는 사실이었고 더 이상 붙잡고 닦달해 봐야 돈 나올 구석 없는 건 모두가 아니까 더 이상 토를 달 수 없었다. 그런데 그건 그거고 밀린 월급은 어떻게 되냐는 질문에 나오는 대답은 석 달 전과 다를 게 없었다. 자기도 기다리는 중이라는 것. 자기도 모회사의 피해자이고 계속되는 거짓말에 희생당하고 있는 중이라는 것. 그 정도가 다였다. 나는 그 모습에서 이상하게도 구조조정 때 자기 본부원들을 선동했던 광고본부 본부장이 겹쳐보였다. 고소를 준비하던 사람들의 눈빛들을 훑었다. 그렇게 미워했던 조직이고 퇴사를 바랐는데, 하루아침에 조직에서 떨어져 나가야 한다고 생각하니 마음 어딘가 덜컥 하고 불안해지는 기분이 들었다.

    개발 본부장의 표정이 썩어 들어갔다. 자리가 끝나고 일이 어떻게 진행되는지 물어보았다. 이렇게 갑자기 모두 회사에서 밀어낼 줄은 피차 몰랐던 사실이었고, 그렇게 되면 사내에서 정보를 얻기도, 뭘 진행하기도 신분이 애매해진다. 그러면 아직 직원으로 남을 수 있는 이 시점에서 뭐라도 진행되어야 일은 더 수월해질 것이다. 근데 그게 쉽지 않았나. 본부장은 이상한 이야기만 했다. 고소 절차나 체당금 절차에 대해서만 동문에 서답을 준다.

끊임없이 찔러본 질문에 흘리듯 본심이 나왔다. 어렵다고.
압류로 걸 수 있을 것 같았던 목적물들은 실체가 없는 것뿐이라 확실하지 않았다고 한다. 게다가 대표가 이미 눈치 채고 손을 쓰고 있는 듯했다. 재산 상황을 전부 파악했고 어떤 조치를 취할 수 있을지 고민하고 노력해 봤지만 무엇 하나 되지 않고 있다고 했다. 그래도 뭔가 해보겠다고 하길래 그러려면 위임장이라도 써야 하는 거 아니냐고 물었다. 퇴사하면 이제 우리 못 보는 거 아니냐 하며. 본부장은 아직 준비 중이라고, 때 되면 말해 주겠다고 계속 미루었다. 결국 퇴사하는 날, 굉장히 채근하고 나서서야 위임장 비슷한 걸 만들어서 사인할 수 있었다. 하지만, 나중에 보니 위임장을 없애 버렸는지 고소가 합쳐지지 않았다. 그리고 압류 외 다른 고소 건은 아예 진행되어 있지도 않았었다.

나중에 들은 이야기인데 압류는 참여하지 않은 사람에게는 배당이 돌아가지 않는다고 한다. 본부장과 같이 일을 꾸미던 경영지원 팀장이 흘린 말을 들어보면 애초에 사람들을 배제하고 자기들만 조사하고 일 꾸미던 이유가 이런 것이었던 것 같았다. 개발 본부장은 임금이 굉장히 높은 액수였고, 그래서 체당금의 상한선을 아득히 넘어 버렸던 것 같다. 그러니 압류 참여자가 늘어나서 배당받을 사람이 늘어나며 본인의 몫이 줄어드니 최대한 채무자 목록을 줄이려고 했던 것 같다. 후에 알게 된 건, 아파트 청약 넣은 게 당첨 되었는데 급여가 나오지 않아 돈이 없었고, 목돈은 필요했고, 그래서 본인 포함한 눈치 빠른 몇 명만 모아 남은 자산이라도 긁어 가려고 했던 것 같다.

잡을 줄이 모두 사라졌다. 그나마 선택지라고 생각했던, 썩은 동아줄이라고 생각하고 버려두었던 선택지마저 사라졌다. 이제 남은 건 고소뿐이었다. 길고 길 싸움이 시작될 터다. 이미 우리는 모두가 진정 제기를 끝마친 상태였고 퇴사 이야기를 듣자마자 진행 여부를 묻기 위해 근로복지 공단에 전화했다.

담당자와 연결되는 건 꽤 어려웠다. 대기인수 안내 멘트를 듣다 보니 새삼 이런 일을 겪고 있는 사람들이 이 정도로 많다는 이야기인가, 하고 마음 한편이 짠해졌다. 어렵게 연결된 담당자는 회사 이름을 듣자마자 안 그래도 너무 건수가 동시다발적으로 많이 들어와서 일처리에 애를 먹고 있다며 짜증 섞인 목소리로 녹음된 멘트처럼 줄줄 읊어댔다. 생각해 보면 계열사가 많았으니까, 한 회사당 100명만 쳐도…. 말미엔 그저 기다리라고 했다. 기다리는 것밖에 할 수 없었다. 그렇게 회사에서 떠밀리듯 나오게 되었다. 마지막으로 퇴근하던 날, 나와 빛 그 자체 매니저는 전동 킥보드를 빌려 회사 근처를 한 시간 정도 돌다가 헤어졌다.

소송이라는 건 제기하는 입장에서는 상당히 간단하지만 대응해야 하는 입장에서는 굉장히 까다롭다. "혹시 소송을 시작하면 할 일이 많을까요?"하고 물어보았는데 "딱히 하실 건 없어요. 중요한 건 직접 처리하실 수 있게 구체적인 안내해 드리지만, 해야 하는 일의 대부분은 대리로 진행되니까요. 그런데 고소당하는 대표님이나 회사는 많이 힘드실 거예요. 최대한 괴롭게 해야 우리가 유리할 거예요."하고 답을 들었다. 나중에 서류 때문에 그룹에 방문할 일이 있었는데 책상마다 소장이 가득 쌓여 있는 걸 볼 수 있었다.

이렇게 쉬워도 되나 싶을 정도로 일은 간단했다. 서류 몇 장을 적어 내고 이후에 할 일은 '기다리기'였다.

먼저 진정 제기할 때 밀린 임금 총액과 체불 사실 등을 적어 낸다. 그 후에는 대표와 중재를 시도하고, 중재가 안 될 경우 체불된 액수가 적힌 체불금품확인원을 발급해 준다. 이걸 가지고 금액을 달라고 요구하거나 아니면 임금체불을 명목으로 민사와 형사를 진행할 수 있게 된다.

여기서부터가 중요하다. 중요하다고 썼지만 사실 직접 나서서 중요하게 할 일은 없다. 앞에서 썼던 체당금. 그러니까 회사가 도산하면 받지 못한 급여를 정부가 지급하고 사업주에게 추후에 청구하는 제도가 중요한데, 앞에 붙어 있는 단서인 '회사가 도산하면'이 적용되려면 이건 또 한참 걸릴지도 모르는 기나긴 싸움이 된다. 그래서 소액체당금이라는 제도가 별도로 마련되어 있다.

받아야 할 돈이 1,000만 원 이하라면 회사가 도산하지 않았어도 체불 사실을 인정받았을 때 신청할 수 있는 체당금 제도이다. 일반체당금의 한도인 2,000만 원의 절반이지만 조건이 비교적 덜 까다롭고 받기 편하다는 장점이 있다. 아마도 나와 빛 매니저를 제외한 나머지 직원들은 나보다 적은 급여를 받을 수 있을 터였고 그 외 팀장 이상은 금액이 어떤지 신경써 줄 필요도 없었다. 내가 받을 돈이 1,000만 원이 넘지 않으니 나와 함께하는 사람들도 당연히 가능할 거라 생각했다.

그렇게 체불된 금액을 정리하고 제출하는데 담당자의 탄식이 들려온다.
─계약을 이렇게 하셨다고요?

대부분의 직원은 날아간 광고본부를 대체하는 본부로, 광스터가 본부장이었던 자리다. 어떤 일을 하는가 하면 검색광고 대행이었는데 이게 참 가관이다. 대표가 최대주주로 있던 대형 포털사이트 검색광고 파트너사인 B 회사의 이름을 팔아 검색광고 영업을 하고 대표가 기존에 운영하던 C 회사나 B 회사에 소속된 직원들에게 일을 줘서 그 회사의 매출을 올리는 구조를 만들어 놓고 있었다. 이 사이에서 콜영업을 우리 회사의 직원들이 하는 형국이었다. 계약은 최저임금에 한참 못 미지는 기본급에 콜 영업 성공 시 성공수당을 성과급으로 지급하는 구조로, 월 몇 건의 실적을 달성하면 최저임금에 가까워지고 그보다도 더 많이 벌 수도 있을 거라고 설득해서 계약을 했다고 한다. 그런데 정작 성과급을 받은 직원이 없다. 기본급도 체불 중이었는데 뭐. 지급되지 않은 성과급에 대해서 체당금에 포함이 될지도 너무 불투명하고 성과를 인정받아야 하는 자료 수집도 복잡할 거라고 이야기했다.

이미 눈치 빠른 직원 한 명은 일찌감치 퇴사해서 혼자 진정 제기하고 고군분투 하고 있었다. 다만 혼자 그러고 있으니 사건은 중재에 그쳤고, 중재를 어떻게 진행했는지 모르지만 한 명의 힘으로는 결론까지 이끌어내기 어려웠나 보다. 실재로 회사 내부에서도 이야기가 퍼지지 않게 쉬쉬할 수 있었고 가끔 찾아와서 뭐 하려고는 했던 거 같은데 광스터 선에서 달래는 정도로 단속해온 것 같았다.

직원들은 저마다 다양한 문제로 생각보다 문제가 꼬여갔다. 어떤 직원들은 우리 회사의 소속으로 처음 입사했으나 체불이 시작되고 B 회사나 C 회사의 업무를 시킬 직원들을 서류상으로 퇴사시킨 뒤 조금의 임금을 챙겨주는 조건으로 다른 회사 명의로 근로계약을 맺었다고 했다.

생각할 수 있는 최악의 상황이 될 뻔했다. 어떻게 보면 더 늦기 전에 퇴사시켜 모두의 상황을 공유하게 만든 이 상황이 좋아 보이기까지 했다. 꼬여 버린 문제의 해결은 우리 몫이 아니다. 분명히 누군가는 가해했고 누군가는 피해를 받았다. 이 과정에서 책임을 물리고 결과를 지어줄 사람들은 우리가 아니다. 끝내러 가보자.

기다리는 것밖에 할 일이 없다
이게 무슨 수미쌍관인가

    법으로 다투는 일은 사실 8할이 기다림이다. 아무리 명확한 사건이라 해도 어느 누군가가 억울한 일을 당해서는 안 될 일이기 때문일 것이다. 그만큼 판결을 내리고 책임을 물리고 벌을 주고 도움을 주고 하는 일에 대해서 집행하는 일은 진중한 일일 것이다. 다만 명백히 내가 피해를 입었다 생각이 들고 약자라고 생각이 든다면 적어도 여기에 대해 억울한 대우를 받아서는 안 될 것이다. 겁먹지 말고, 주저하지 말고 도움을 받으면 좋다. 도와줄 사람들은 분명히 있다. 그리고 할 수 있는 일을 하면 된다.

    사실 이번 일은 대표도 생각보다 덜 영악한 인물이라서 쉽게 풀렸다. 나는 대표가 근태 자료를 확보할 수 없게 만들고 이 사람이 여기서 일했다는 근거를 없애 버리고 세 법인의 이름으로 장난칠 수도 있을 거라는 생각까지도 했다. 그래서 각기 다른 법인의 이름으로 일한 사람들이 한 장소에서 일했다는 근태 자료를 확보할 방법도 마련하고 있었다. 출퇴근 시 찍었던 지문의 자료를 없애 버린다면, 그동안 일해 온 증거 자료

로서 이메일과 백업해 놓은 사내 커뮤니티 내에서 상신한 보고서의 기록, 최후의 수단으로는 일한 사람들의 통신 기록으로 매일 일정 시간 집중된 통화 내역의 위치 정보나 다 같이 주변에서 밥을 사먹었을 테니 영수증 정보까지도 확보할 예정이었다.

체불에 대한 대화도 가급적 기록이 남도록 했다. 항상 녹음 기능을 켜두고 살았다. 혹시 몰라 다른 법인의 이름이 적힌 우리 회사 직원의 이름으로 된 명함도 수집해 두었다. 증언해 줄 퇴사자나 주변인 연락처도 확보해 두었다. 함께하기로 한 직원들에게 만약 이 이상으로 법인에서 제안을 하거나 뭔가 요구한다면 기록해 두고 모두와 공유하도록 했다. 필요하다면 내용증명이라도 먼저 쓸 요량으로 최대한 많은 증거를 확보했다. 내가 만약 대표라면 어떤 나쁜 방법을 쓸 수 있을까, 하는 고민을 꽤 많이 했고 그 고민에 따른 쓸 수 있는 증거나 대응할 수 있는 대비책을 마련했다. 싸우기로 마음을 먹었을 때는 반드시 상대를 이길 수 있다는 확신이 들어야 한다고 생각했다.

누군가 "대표가 그냥 벌 받겠다 하고 돈 안 주면 어떻게 해요?"라고 물어서 어차피 체당금은 대표가 안 줘도 받을 수 있는 돈이고 나머지를 만약 안 준다면 충분히 벌 받고 오시라고. 그 다음은 횡령·배임으로 다시 걸어 버릴 거라고. 최선을 다해서 있는 힘껏 돈을 받든가, 아니면 지으신 죄만큼 처벌 받게 하자고 했다. 그게 싫다 하신다면 그동안 받았던 모든 힘들었던 시간들과 스트레스를 돈으로라도 환산해서 요구하자고.

법적인 절차는 법률구조공단으로 가면 좋다. 신행이 어려울 깃 같기나 소액이라서 변호사 비용이 더 나올 것 같다고 생각이 들면 언제든 법률구조공단의 도움을 요청해 보는 것이 좋다. 작은 액수라도 소송까지 도와주고 승소 가능성이 큰 사건이라면 반드시 도움을 준다. 특히 임금에 대한 부분이라면 직원은 대부분 약자일 테고, 변호사 선임이라든가 여차저차한 법적인 부분들에 어려움을 느낄 가능성이 클 것이다. 이럴 때 주저하지 말자.

퇴사 이후 긴 기다림이 이어졌다. 불안했냐고 물어보면 불안하진 않았던 것 같다. 정말 많이 알아보았고 최악의 경우라 해도 극복할 방법도 여러 가지 가지고 있었다. 정말 기다리다가 뭐라도 꿈틀거리는 게 보이면 카드 한 장씩 던지면서 싸우기만 하면 되는 일인데 그 시간 자체가 정말 지독하게 나를 괴롭혔다. 퇴사 이후 처음 맞는 평일, 나는 아침에 눈을 떴다가 다시 누워 잠을 잤다. 억지로 잠을 청하며 이불 속으로 파고 들어가 억지로 눈을 감다가 오후 늦게서야 자리에서 일어났다. 피곤하지 않았으나 피곤하고 싶었다.

회사에서 있었던 일들을 곱씹어 보았다. 월급은 월급대로, 사람은 사람대로, 시간은 시간대로, 일은 일대로. 그 어떤 무엇 하나 제대로 되지 않았으며 그 하나하나의 요소가 나에게 어떤 영향을 주었는지 떠올려가며 곰곰이 씹어 삼켰다. 배고프지 않았으나 허기가 졌다. 뭐든 사다가 입에 쑤셔 넣으며 불도 켜지 않은 방에서 멍하게 보내는 날이 늘었다.

서울을 떠나야겠다고 다짐했다. 나는 이삿짐을 싸기 시작했다. 더 이상 이곳은 나의 꿈이 아니었다. 그 쓰레기 같았던 고블린도, 멍청한 광스터와 무능했던 대표들과 임원들도, 진상 부리던 대행사 대표도, 소위 사회에서 말하는 높은 위치인 그들의 자리가 내가 되고 싶었던 목표와 꿈과 비슷한 무언가였더라면 될 수 없을 터고 되고 싶지도 않았다. 노력한다고 뭐가 될 수 있을까. 아니 이렇게까지 노력할 필요가 있을까. 이딴 것들을 버텨서 뭔가가 된다 한들 그게 진짜 나라고 할 수 있을까.

조직 생활을 다시 할 수 있을까. 비즈니스로 사람이 사람을 상대할 때 좋지 않은 단점들이 여러 가지 있다면, 내가 생각할 수 있는 각각의 단점들의 끝을 모두 맛보고 나온 느낌이었다. 어떤 조직은 좋은 곳이 있을지도 모른다. 정말로 이상적인, 그런 회사들이 있을지도 모른다. 그러나 적어도 내가 겪은 조직들은 아니었다. 이 회사가 나에게 최대의 것을 보여주었지만 그 전 회사들도 만만치 않았다. 그때마다 나는 꺾이지 않으려고 노력했지만 이젠 아니었다. 이제는 굳이 꺾이지 않으려고 노력할 필요가 없다는 걸 안다. 나머지는 그저 희망고문이었다.

알 수 없는 허기에 끊임없이 입에 음식을 밀어 넣으며 뭔가라도 해보려고 노력했지만 손에 잡히지 않았다. 쓰레기봉투 가장 큰 것을 한 묶음 사 왔다. 집에 있는 대다수의 물건들을 꽉꽉 눌러 담아 모두 버렸다. 미련 때문에, 물건 하나하나에 담긴 기억과 인연 때문에 쓸데없이 붙잡고 있던 대부분의 것들을 버렸다.

밤이 몇 번인가 지나고 나서 나는 서울을 떠났다.
이 회사와의 지독한 연이 끝날 기미가 보이게 된 건 이로부터 몇 달 후의 일이다.

드디어 끝이 보이기 시작한다
길었던 인연을 끝내자

고향으로 내려왔다.

내려와 가장 먼저 해야 할 일은 자존감을 다시 찾는 일이었다. 낯선 사람 앞에서 주눅 들지 않았던 내 예전 모습을 찾아야겠다고 생각했다. 고블린 그 새끼 때문에 사람 앞에서는 긴장해서 말을 못하는 그런 이상한 게 생겨 버렸다. 그걸 먼저 고치고 싶었다. 버킷리스트도 하나씩 채우기로 했다. 미뤄 두었던 번지점프를 하러 가기도 하고 당일치기 무계획 여행도 몇 번인가 떠났다. 고대하던 클라이밍을 시작했고 옷과 향수를 사 모으기 시작했다. 시계와 사치품도 사 보고 새 반지와 좋은 이어폰도 샀다. 사고 싶어서 침만 삼키던 카메라 렌즈도 샀다. 책을 한 아름 사다 쌓아 두고 읽었고 차도 다양하게 사서 마셨다.

온전히 나를 위해, 내 삶의 방향을 나에게로만 돌렸다. 나에게 집중한 삶을 살기로 했다. 당분간 아무것도 신경 쓰지 않고. 평일에는 아버지 농원에 나가 일을 도왔다. 사진도 찍고 글도 쓰며 시간을 보냈다. 온전히 내 삶을 나로 채우는 기분은 정말 좋았다. 행복이라는 게 조금씩 느

꺼지는 기분이었다.

그렇게 살다 보니 고용노농부에서 연락이 왔다. 체불금품확인원. 진정 제기로도 해결이 되지 않는 회사는 민사소송 진행의 근거로 사용할 수 있도록 이를 발급해 준다. 고용노동부에서는 임금을 받지 못한 직원 40여 명을 한 날 불러 모았다. 얼마나 밀렸는지, 어떻게 밀렸는지, 서류로 써서 제출하라는 말을 했다. 그리고 밀린 임금을 지불받게 되면 고소를 취하할 여지가 있는지 물었다. 하는 게 좋다. 협상할 여지가 생긴다.

오랜만에 빛 매니저와 다른 직원들을 볼 수 있어서 좋았다. 그동안 무슨 일이 있었는지 담소나 나누다가 눈치 없게 끼어드려는 임원 한 명 때문에 서둘러 자리를 떴다. 돈 문제 해결되고 이 지긋지긋한 인연이 끊어지면 편하게 다시 보자며. 체불금품확인원은 다음 주에 바로 나왔다.

내가 받지 못한 돈이 얼마인지 총액이 상세히 적혀 있는 이 종이 두 장을 들고 법률구조공단으로 갔다. 본격적인 소송의 시작이었다. 나는 이제 전 직원에서 채권자가 되었고 회사는 전 직장에서 채무자가 되었다. 소송의 결과가 나오는 건 그리 길지 않았다. 한 달이 조금 안 되어서 지급명령서가 나왔고, 회사는 이를 지급할 능력이 당연하게도 없으니 근로복지공단으로 가서 소송의 결과를 체불의 근거삼아 체당금을 신청했다. 드디어 길다면 긴 이 악연이 끝나가는 기분이었다.

연말정산 환급금과 이자는 체당금으로 해결되지 않았다. 이건 체당금으로 줄 수 없다고 해서 못 받는 돈이 되겠구나 하고 막연히 숫자들을 보았다. 이 정도면 연 끊는 데에 싸게 먹히는 걸까? 회사가 언젠가는 지급해 주지 않을까? 하는 막연한 생각으로 방법을 찾다가 어느덧, 이 생각마저 잊힐 만큼 내 삶을 살고 있을 때 전화가 왔다.

대표에게 걸린 형사소송을 취하해 줄 수 없냐는 부탁이었다.

나는 체당금으로 해결되지 못하는 돈 나머지를 준다면 생각해 보겠다고 했다. 처음엔 줄 수 있는 여력이 안 된다며 이대로라면 형을 살아야 한다며 선처를 호소했다. 마음이 흔들렸다. 이 정도 되는 돈으로 사람을 고소하고 처벌하는 게 정말 맞는 일인가 고민했다. 이런 걸로 악의를 사는 게 과연 옳은 일일까. 혼자 고민할 수 없어서 주변 사람들에게 물어보았다.

아버지는 마음을 괴롭히는 것이 무엇이든 한 주 정도 맛있는 거 먹고 푹 자면 잊을 거라며 지금 생각하지 말고 좀 더 시간을 보내고 냉정히 다시 생각해 보라 하셨다. 빚 매니저는 선처해 준 대표가 바로 등 돌리고 연락 무시하고, 그렇게 받아야 할 돈 날려도 괜찮다면 하라고 했다. 다른 친구는 그 대표가 돈을 주기 위해 일말의 노력이라도 했는지 물어보았다.

모든 조언을 종합하고 생각해 본 결과 나는 취하하지 않고 그대로 두기로 했다. 내가 돈을 못 받고 그동안 고생했던 일에 대해 어떠한 보상도 받지 못했으며 지금 마음이 편안하다고 해서 누굴 선처해 주고 뭘 너 희생하고 하는 일이 조금 같잖다고 느낀 것도 같다. 나 하나 때문에 길거리에 대표가 나앉을 리도 없으며, 설령 그렇게 돌아간다 해도 그건 그가 지은 죗값의 일부일 것이다. 그렇게 생각하니 마음이 다시 편안해졌다.

얼마 후 대표에게 연락이 다시 왔다. 나머지 돈을 주겠다는 내용이었다. 그래야 염치라도 있을 것 같다며. 나는 그제야 취하서를 써 주었다. 써서 보내주자마자 앓는 소리로 가득가득 구구절절 보내던 문자가 무성의한 단답으로 바뀌었을 때 나는 내 결정이 잘한 선택이었음을 직감했다. 다른 직원들에게는 비밀로 해달라고 했다. 이 와중에 어떻게든 싸게 먹힐 방법을 찾는 듯싶었으나 그대로 두었다. 누굴 챙기는 것도 지쳤다.

죽어도 이자는 못주겠다고 해서 그러시라고 했다.
나는 이자를 못 받았다는 핑계로 회사 계좌에 압류를 걸기 위해 남은 재산이 있는지 조회를 신청했다.

끝이 보였다. 이제 이 지긋지긋한 회사와의 인연이 정리되는 듯했다.

■ 에필로그

축하합니다! 승소하셨습니다
자 이제 정말 끝내자

법률구조공단에서는 은행에 들고 가라며 서류 몇 장을 주었다. 계좌를 압류할 수 있는 서류였다. 은행 직원은 계좌를 조회해서 남은 돈이 있다면 내일 중으로 입금해 주겠다고 말했다. 있을 리가 없지. 국세도 밀려서 지금 완전히 회사가 멈춰 있다는데. 문제는 모기업의 투자구조가 복잡해서 모든 계열사가 죽지 못하는 기업이 되었다는 사실이었다. 채무자도 너무 많고 회사도 좀비기업이 되었고, 받을 수 있는 것 하나 분명하지 않은 상황인데 압류를 걸겠냐는 말에 나는 할 수 있는 건 다 해보고 싶다고, 걸어 달라고 부탁드렸다.

사실상 완결이다.

이자는 점점 불어날 것이다. 게다가 법정 최고금리에 가까운 이자율로 내가 돈을 받을 때까지 계속해서 불어날 것이다. 퇴사당한 직원들끼리 모여서 이자 채권에 대한 이야기를 하다가 갑자기 우리 부자가 된 것 같다며 호탕하게 웃었다. 가만히 앉아만 있어도 돈이 불어난다며 받지도 못할 돈의 액수만 세어 보았다. 이렇게 된 거 비정기 채권자 집회라도 열어서 쌓여가는 부를 느껴 보자고 우스갯소리로 이야기했다.

시간이 꽤 흘렀다.

대표에게는 이제 연락이 없다. 갱스터는 임원 중 유일하게 대표를 고소하지 않은 사람이었다. 언젠가 갑자기 나에게 전화해서 고소했던 사람들만 취하해 주는 조건으로 돈을 줬다고, 자기는 의리를 지켰는데 뭐 하나 주는 것 없다며 대표 욕을 하기 시작했다. 이 등신 같은 인간은 아직도 아주 작은 사소한 거 하나조차 자기 혼자 결정 못하는지. 또 무슨 근거 없는 자신감으로 혼자 고소를 안 했는지. 심지어 몇몇 다른 직원들을 설득해서 고소하지 말게 해달라는 대표의 부탁에 혼자 알아서 선동해 고소 안 한 사람이 꽤 있다고 했다. 광스터는 대표 욕을 하며 이 사람들 다 어떡하냐고, 나보고 방법이 없겠냐고 물어보았다.

멍청한 놈이 자기만 잘못될 것이지 피해를 여기저기 뿌리고 다녔나 보다. 그리고 이놈은 회사가 망해가는 걸 알고 연말정산 세금도 안 뱉어낸 놈이다. 그거만 뱉어내도 기본급 적게 계약했던 자기 본부 직원들 몇 명은 월급도 줬을 거다. 양심도 없나 싶어 한 소리 했더니 바로 쭈그러들었다. 으휴 등신 으휴.

고블린은 그렇게 도망간 이후로 소식을 모르겠다. 다만 그가 애용하던 카쉐어링 브랜드가 눈에 띌 때마다 짜증이 나 죽겠다. 내 멘탈과 자존감에 가장 인상 깊은 타격을 가져다 준 놈인데 마지막 인사 한 번 깔끔하게 안 해놓고 마무리한 게 정말 두고두고 열 받을 것 같아서 짜증난다. 이제 이놈한테 짜증이 나는 걸 보아하니 나도 꽤 회복이 되었나 보다. 예전이라면 떠올리는 것만으로 힘들고, 무섭고, 걱정부터 들었는데.

퇴사한 직원들 몇 명과 함께 고블린이 살던 집 앞에 있는 노가리 맛집에 가서 맥주를 마셨다. 나쁜 새끼. 네가 나 서울 뜨고 고향 내려간다고 동네방네 다 소문내고 다녀서 어떤 클라이언트는 아빠 품으로 돌아가는 거냐고 비아냥거리더라. 답 없는 공감능력 부재중인 인간아. 너랑 퇴사 면담할 때만큼은 내가 진심 담아 힘든 거 이야기하고 너도 나름 진지하게 받아준다 했잖아. 어떻게 너는 마지막까지 병신같이 구냐 진짜.

그냥 영원히 소식 전하지 말고 그렇게 혼자 외롭고 고독하게 지내다가 아무도 찾아주지 않는 곳에서 홀로 늙어가길 바라. 넌 갱생도 안 될 거야. 빚 매니저는 퇴사 이후에도 좋은 친구가 되었다. 이참에 이렇게 된 김에 인터뷰를 시도해 보았다. 바쁜 분이시라 어렵게 모셨다.

Q. 안녕하세요 빚 매니저님.
A. 네(라고 대답하긴 하지만 명칭을 납득할 수 없다.)

Q. 요즘엔 어떻게 지내시나요?
A. '그' 회사의 그림자 때문에 한동안 구직의사를 잃고 있다가 실업급여를 받으려면 실업인정을 받아야 해서 억지로 구직을 하기 시작했지요. 그리고 지금의 구직의사는 참 트루입니다. 그래서 지금 열심히 구직하고 있습죠.

Q. 뭐 회사가 어떤지는 그동안 제가 열심히 써보았습니다만 제가 놓친 거지같았던 단점들이 혹시 더 있을까요?

A. 개인적이지만 저는 경비 인원을 아주 뭣같이 여겼다고 생각해요. 누구나 지나다니고 자리를 들여다볼 수 있는 복도 자리였는데다가 냉난방이 열악하지 않았나요?

그리고 잠시 돈이 나온다는 희망만 떠돌 때 직원 뽑은 거. 그리고 뭔 놈의 부의장 본부장이 많아. 본부 없는 본부장, 팀원 없는 팀장 수두룩….

Q. 아, 맞아요. 직원보다 임원이 더 많았어. 심지어. 왜 그럴지?

A. 이 회사 시작이 어느 대학의 창업지원센터라는 얘길 들었는데 그때 만난 동문끼리 임원 나눠 먹은 거 아닐까요?(아아~ 그렇구나. 그래서 그렇게 끈끈한…)

그리고 의장 예비 와이프는 하는 거 없는데 요직, 통장관리.

Q. 저는 입사할 때 진짜 절차도 없이 면접 본 지 한 달 거의 다 되어갈 때 협상한 적도 없는 연봉 이야기하면서 몇 달을 앉아만 있었거든요. 빛 매니저님은 저보다 입사가 며칠인가 빨랐던 거 같은데 혹시 입사 과정에서 저같이 어이없거나 황당했던 일, 입사하고 나서 거지같았던 일 같은 게 있을까요?

A. 맞습니다. 저는 면접 볼 때 연봉을 꽤 낮게 협의했어요. 6월 입사여

서 6개월 일해 보고 서로 맞으면 내년에 제가 원하는 대로 해주는 조건이었거든요. 근데 그 내년은 망했기에 그렇게 끝이 났고요.

Q. 아아 그 내년이 그 체불이 시작되던?

A. 네네, 새해가 됐는데도 협상할 생각도 여유도 의지도 없었죠.
시벌놈들.

Q. 회사가 본인에게 미친 영향이랄 게 있을까요? 그런 뭣 같은 점들이?
저에게는 다시는 조직생활을 못할 것 같다는 확신을 가져다주었는데.

A. 저도 회의감과 허탈감, 불안감이 늘었지만 무언가 더 자신감이 생겼달까요? 그리고 세상에 학벌과 재산, 권력이나 지위가 다가 아니라는 생각은 했지만 진짜 뭣 같은 놈들 많다는 생각을 했고 그놈들의 생각을 나 따위가 바꿀 수는 없다는 생각을 했어요. 물론 동시에 스타트업 트라우마가 생겼지요. (아 맞아요. 스타트업 트라우마. 그거 진짜 심하게 생겼어요.) 업력 10년 이하는 무조건 거릅니다.

Q. 그래도 빛 매니저님은 긍정적인 생각도 생겨서 좋군요. 월급이 밀릴 때는 왜 그만두지 못하셨나요?

A. 일단 멀어지면 더 불안했으니까요. 적은 더 가까이 두라 했습니다. 무엇보다 이직이 확정될 때까지 더 다녀도 손해 볼 게 없었고. 무엇보다 같이 노는 게 재미났어요. ㅋㅋㅋ

Q. 아하 ㅋㅋㅋ 맞아요. 느지막이 출근해서 업무 안 하고 놀고 ㅋㅋㅋㅋ

A. 맞아요. 그겁니당 ㅋㅋㅋㅋㅋ 존잼 ㅋㅋㅋㅋㅋㅋ 저도 아주 즐거웠습니다. ㅋㅋㅋㅋ 꿀잼이었지요.

Q. 지금도 어딘가에선 월급이 밀려가며 고통 받고 있는 사람들이 분명히 있을 텐데요. 그런 사람들에게 해주실 수 있는 말씀이 있을까요?

A. 생각보다 세상은 나쁜 놈이 많지만 생각보다 국가는 우리를 보호해 준다. 이 말은 많지 않은 월급 따박따박 들어오길 기다리는 수많은 '그저 사원'인 분들에게 바칩니다!

아 이제 정말 끝이겠지. '그' 회사는 아마 내 고용보험 가입 이력과 내 이력서에 몇 줄 정도로 문서상에도 영원히 남을 것이다. 그것 말고도 내 기억과 마음에 영원히 잊지 못할 상처도 함께 남겨 놓았을 것이다. 뭐 어쩌지 못할 커다란 존재와 싸움을 끝낸 기분이 든다. 이상한 나라로 갔던 급행열차는 나를 밀어내고 이제 나도 모르는 더 먼 곳으로 떠나가 버렸다.

지나고 보니 우습다는 생각이 먼저 든다. 그땐 그게 뭐라고 그렇게 진지했을까. 정말로 그 새끼들이 나를 죽일 듯이 욕을 하면 뭐가 잘못될 것 같아서 겁을 먹었을까. 그게 뭐라고 나는 그렇게 정신을 바짝 차리고 혼나지 않기 위해 뛰어다녔을까. 그게 뭐라고 월급도 안 주는데 붙잡혀

서 발이 매여 있었을까. 그게 뭐라고 내가 나답지 않아질 정도로 나를
잃어버리도록 내버려 두게 했을까.

그게 뭐라고. 등신 같은 회사 따위가. 사람들 따위가.
감히 소중한 나에게.

나는 회사를
고소하기로 했다

인쇄 2023년 8월 03일
발행 2023년 8월 15일

지은이 이승준
발행인 이노나
펴낸곳 인문엠앤비
주소 서울특별시 종로구 북촌로4길 19, 404호(계동, 신영빌딩)
전화 010-8208-6513
이메일 inmoonmnb@hanmail.net
출판등록 제2020-000076호

저자와 협의, 인지는 생략합니다.
잘못된 책은 바꿔 드립니다.

ISBN 979-11-91478-21-1 03810

값 13,000원

본 도서는 카카오임팩트의 출간 지원금을 받아 만들어졌습니다.